藤島さんの深夜ごはん

Fujishima san no SHINYA GOHAN

奇水[きすい]
kisui

P4　一食め
サバの味噌煮と紅しょうが
P32　二食め
コーヒーで作るノンアルコールビール
P56　三食め
野菜と味噌ラーメン
P84　四食め
レトルトパックの親子丼と
トマトで西紅柿炒蛋
P114　五食め
おでんの汁でおじや
P140　六食め　チキンカツ丼
P166　七食め　アンパンと牛乳
P190　八食め
鶏肉とキャベツのサラダ
イラスト●あやとき
デザイン●鈴木亨

藤島さんの深夜ごはん

Fujishima san no
SHINYA
GOHAN

奇[きすい]水
kisui

一食め　サバの味噌煮と紅しょうが

「あー、冷蔵庫何もないわー……」

藤島《ふじしま》さんが冷蔵庫を開けてそう言うと、テーブルの上に置かれたタブレットの中で
『ほんとー？』と声が出る。

「まったく何にも、というわけじゃないけど」

『ちょっとはあるんでしょ？』

「あることはあるんだけど、なんだかなあ……今、食べたいものって気分じゃないのよね」

『藤島さんはよくそういうこと言ってるよね。──なのに冷蔵庫には何もないという』

「最近、仕事が忙しかったから買いだしいけなかったし……」

言い訳がましいとは思いながらも、彼女はそう続けた。他に理由はなかったし、今それを聞かせている相手にはそれで十分に話は通じる。何せ今回の仕事は、ほとんどをこの相手と同じ進行でこなしていたからだ。相手は東京にいたのだけれど。

『藤島さん、仕事している間は本当、外にでないものねー』

「そんなことはないけど……」

そういうところはあるかもしれない、とは思う。

ちょっと前ならば運動がてら周辺を自転車で走る、なんてこともしていたのだが、先月にパンクしてから修理が面倒になって放置しているし、そのせいで減った運動量は先々週に購入《こうにゅう》したエアロバイクで補っている。外にでる必然性は減る一方だった。どのみち自転車で行ける範囲には店なんかないのだけど。

「しかしまいったまいった。今お腹《なか》ぺこぺこだっていうのにね」

『今日は腹筋だけだったよね』

「スクワットもやったよ。あとエアロバイクで四十五分。その後で寝《ね》ちゃったけど、廣井《ひろい》さんはちゃんとやったよね？」

『ごめん。私はスクワットだけ。それで気づいたら藤島さん寝てるんだもの』

「……あとで腹筋ね」

『はーい』

タブレットの中でそう答える同業者に向けて溜《た》め息《いき》を吐《つ》きながら椅子《いす》に座り、さてどうしたものかなあと藤島さんは考える。

（やっぱり、お互いの目がないとさぼっちゃうものだよね……あと、ご飯どうしよう）

ことの発端《ほったん》は二週間前。

「田舎《いなか》住まいだと車で出歩くから、逆に運動量が減った」

そう藤島さんが同業者の廣井さんに告げたことに始まる。

近所で一番近い『集落』まで、車を走らせて軽く五分以上かかる。

平坦《へいたん》に見えるのに実は軽い傾斜《けいしゃ》でのアップダウンが繰《く》り返《かえ》される県道を自転車で行き来するのは、引っ越して最初の一週間で諦《あきら》めた。歩くなんてもっての他だ。中古で買った軽自動車で通うこともほとんどなくなった。めぼしい店がろくにない『集落』に行くくらいなら、三十分かけて『町』の方に週一でいく方がマシだ。

中学まで四国に住んでいたという廣井さん曰《いわ》く。

『田舎生活って、車が基本なんですよね』

知っていた。

知ってはいたが、実際にやってみると思っていた以上に面白くもあり、困ったこともあり、だった。

その一つが運動不足である。

ほんの二年前まで東京で暮らしていた頃《ころ》は、どこにいくのも電車だった。他は、バスにたまに乗るくらい。自動車免許《めんきょ》は大学卒業の頃に就職した会社で免許が必要だったからとったくらいで、それだっていざ入ってみるとほとんど乗ることもなかった。

そして今になって、それが我が身に深刻な反映をしていることを実感しているのだ。

『体重増えた』

腰回りの肉も、なんだか弾力《だんりょく》を失ったような気がする。

それは歳のせいではないか、という突《つ》っ込《こ》みも入ったが、いずれ運動が足りてないということには違いない。

『わたしらの仕事は、引きこもっててもできるからさ、気をつけようよね、藤島さん』

というわけで、同業者の何人かに声をかけて、時間が合えばまず腹筋を十回でも二十回でもお互いにやって、それをネット電話ごしに見届ける——という行為がここ二週間の藤島さんのトレンドなのだった。

そこそこの慣れや努力の甲斐《かい》もあって、それなりに往時の腰回りを回復してきたのだが、ここにきて思わぬ副作用というか、自分たちの年齢《ねんれい》を実感する事態となっていた。

「疲れたら寝入っちゃうのは、どうにかしたいな……」

呟《つぶや》く。

少しずつ体力も戻《もど》ってきたと思っているのだが、まだ運動の後で気を抜《ぬ》いてたら寝入ってしまう。さすがに最近はそれも少なくなってはきているけども。

今日はお互いに仕事明けということもあり、どうやら気が抜けてしまったらしい。

『もう本当、わたしら若くないね』

「廣井さんはまだ二十代じゃない」

『藤島さんもぎりぎりそうじゃん。二つしかかわんないでしょ』

「ああもう、そういう現実はなしなし！」

言いながら、藤島さんは時計表示を確認した。二時。

「…………私、何時ごろまで起きてたの？」

『確か七時のニュース始まったばかりだったですよ』

「七時間きっちりと寝ちゃったか……運動して晩御飯食べ損なってたら、そりゃお腹もすくわよね……」

しかし冷蔵庫の中にはろくなものはない。

かろうじて炊飯器《すいはんき》の中にご飯はあるのだが。

（どうしようかな……）

椅子の上であぐらをかいて頭をかくと、それをみはからったように腹が鳴った。

モニターの向こうで廣井さんが「わたしもお腹すきました」と言ったが、それは多分、腹の音が聞こえたからではない。多分ない。タブレットPCのマイクがどれだけ高性能でも、こんな音まで拾い上げられるなんてことは——

『わたし、近所のファミレスで仕事の続きすることにしますけど、藤島さんは？』

「私は、そうだね……コンビニでもいって何か買ってくるわ」

そういうことになった。

◆◆◆

（ガソリン、そろそろなくなってきたな）

車に乗って、エンジンをかける。

田舎生活は自動車が必需品《ひつじゅひん》——つまりは、それを動かすためのガソリンも必需品だということで、一度ガス欠になってほとんど家も見えない県道で立ち往生してしまって以来、身に染みて藤島さんはそれを思い知っている。幸い、その時はとおりがかった農家の人が近所のガソリンスタンドに連絡してくれて事なきを得たのだけれど。

それから藤島さんはガソリンについては少し神経質になっている。

メーターはまだ三分の一は残っているのだが、今日か明日には町の方に行こう、と決意した。

（まあ、今日コンビニに行って帰るだけなら問題ないよね）

さすがにその程度は解《わか》る。

深夜、孤島《ことう》のように近隣《きんりん》に何もない家から出て、県道へと交差する農道をまっすぐ進む。三百メートルほどで合流した。

まっすぐ進むと一番近所の『集落』で、右に曲がると三十分で『町』につく。そちらにいけばこんな時間でもやっている店が幾《いく》つかあるし、二十四時間経営のガソリンスタンドだってなくはない。

（だけど、それはなしね）

もう少し余裕《よゆう》があればそっちだったが、今は三十分もかけていられない。

左に曲がると、五分ほど進めばコンビニがあるのだ。

藤島さんの深夜のごはんは、だいたいそっちをとるのが最近の傾向だった。

（あんまりそういうの、体によくなさそうだけど……）

東京にいた頃は、こういう時はファミレスだった。安価ではあるが美味《おい》しい軽食を食べてドリンクバーで三時間ほど粘《ねば》りながら原稿《げんこう》を書いて、それから帰宅するのが常だった。

……思い返してみても、それほど健康的ではなかったかもしれない。

「まあ、小説家なんて仕事、不健康だってのは解ってたんだけど」

声に出していた。

そうなのだ。

藤島さんは小説家が仕事なのだった。

ペンネームは「藤島昭子《あきこ》」。

高校の時に少女小説系のレーベルでデビューしてから、ここ数年は一般文芸だとかライト文芸なんて呼ばれている方面で書いている。

気が付いたら十三年が経過していて、いつの間にか二十九歳。

三十路《みそじ》手前だ。

突発的に思い立って東京から遠く離れた田舎に引っ越してきて、早二年。

田舎生活にも慣れた——と言うよりは、東京生活も田舎生活も、さほど差はないというのが藤島さんの実感だった。

(確かに、空気は美味しいし、景色もいいけどね)

横目にする夜の景色が水平に流れていく。

水を張ったばかりの田園は、夜の田舎道から眺《なが》めているとまるで海の中であるかのような錯覚《さっかく》さえする。

時折に見える民家の明かりは、海を進む船であるかのようだ。

「――って、小説家らしくそれっぽいこと考えてみたけど」

センス無いなあ、と思う。

繊細《せんさい》な情景描写の作風に憧《あこが》れていたこともあるが、十三年たって改めて確認したことは、自分はどう環境《かんきょう》を変えようと、食べるものが何に変わろうとも、そういうのは向いていないという現実だった。

だから、東京ぐらしと同様のものを食べているというわけでもないのだけれど。

ラジオのスイッチを入れると、公共放送の深夜番組にありがちな退屈《たいくつ》な会話の最中だった。

それが二分とたたずに数十年前の聞いたことのあるようなないようなヒットソングに変わった。

「ふんふんふん♪」

タイトルは聞き流した。

それでもその曲のリズムは気に入った。

だんだんと興《きょう》が乗ってきた藤島さんは、アクセルを踏《ふ》み込《こ》む。

「い――――やっほ――――」

叫《さけ》ぶ。

もはや、曲など関係がなかった。

県道で、しかもこんな田舎だと対向車にだってほとんど会うことはない。

たまに大型トラックがいったりきたりしているが、その程度だ。

直進だけのこの道を、夜に飛ばすのはストレス解消になる。

メーターは数秒で八十キロを軽く超《こ》えた。

「よ――――しッ」

藤島さんは叫び、しかし二分とかけずに「あー、おなかすいたー」とアクセルを緩《ゆる》めた。

「声だすって筋肉使うのよねー」

ぼやいているうちに、コンビニに辿《たど》り着《つ》いた。

(今日はトラックも停まってないか)

駐車場《ちゆうしやじよう》を軽く眺めてから、そんなことを思う。

このコンビニは、近所にはほとんど家もまばらにしかないような農地のど真ん中にぽつりとある。藤島さんの家が陸の孤島のようだとしたら、ここは農地の中のオアシスのような場所だ。

しかし県道沿いとはいえ、競合店がほとんどないとはいえ、本当にここでやっていけるのだろうか、と思う。昼間にここに来ることはほとんどないので知らないけれど、時間帯によっては繁盛《はんじょう》しているのだろうか。

このコンビニの有無は彼女の生活環境を左右していると言っても過言ではなく、来るたびにどうしてもそんなことが気になってしまうのだった。

(まあ、私が気にしたって仕方がないんだけど)

できることは大量にこの店で商品を買って、経営を支えることしかない——のだが、実際のところ、藤島さんはそんなにお金を持っている方ではない。

店に入ってから、財布をポケットから出して確認する。

記憶《きおく》の中にあるのと、寸分変わらなかった。

記憶の中にあったとおり、五百円玉が一つきり。

「今月、資料いっぱい買ったしなあ」

ぼやく。

小説家という仕事は、現実問題、さほど実入りのいい仕事ではない。

勿論《もちろん》、ピンからキリまであるのだが、藤島さんは当然ピンではなく、果てしなくキリに近いところにいた。

今まで十年以上作家生活を続けていて、その方面での収入が三百万円を超えたのは一回だけだ。

ひどければ百万なかったなんて年もある。

二年前までは実家生活でさほど困っていなかったし、バイトとの兼業でもあったから懐具合《ふところぐあい》は悪くなかったのだけれど、こちらに転居してからは家賃と車の維持費《いじひ》も食費も、全部が全部自分持ちになってしまった。さらには専業作家ともなれば、必然、財布の中身も貧弱になってしまう。

（そんな今の私にとってのベストチョイスは——）

家を出るときにキッチンは確認してある。炊飯器にはごはんがまだ残っている。冷蔵庫の中には生卵がまだ三個あった。野菜類だって多くはないけど、なくはない。なるべくお金を使わずに生活をするのが目的なら、炒《いた》めものなり卵焼きなりを作って食べればいいわけで、コンビニにわざわざくる必要は微塵《みじん》もない。

しかし。

しかしである。

(今日はコンビニで何か買いたい)

一度決めてしまったからには、藤島さんの胃袋《いぶくろ》はありあわせで作ったおかずなどで満足はできない。

(何か甘辛《あまから》いものがほしいな)

と、なぜかその日の藤島さんは思った。

(甘辛く、ジャンクで、頭悪いご飯食べたい)

自然と脇腹《わきばら》に手をやっていた。

「肉も結構減ってきた、気がするし……ちょっとくらいジャンクなご飯食べたって大《だい》丈夫《じょうぶ》、なはず……」

そうひとりごちる。

仕事もひと段落ついた。

ダイエットも成功している——しつつ、ある。

(うん。そうそう。私はよくやっている。よくやっている。よく頑張《がんば》っている。だったら自分に対してのご褒美《ほうび》をあげたっていいはず。いや、むしろ、あげるべき)

……寝起きで、脳みそがまともに動いてなかったのかもしれない。

とりあえず弁当コーナーを軽く舐《な》めるように見てから、離れる。

もとよりコンビニ弁当はほとんど眼中にはなかった。飽《あ》きた、ということもあるが、炊飯器の中のごはんをまず始末しなければならないという命題がある。それでも一瞥《いちべつ》したのは新製品でも入っていたのなら、などと思ったからだけど。

しかし特にめぼしいものはない。

ふと。

紅《べに》しょうがが目に入った。

弁当コーナーを通り過ぎたところの食品コーナーで、自然と足が止まる。

「紅しょうが……紅しょうが……」

ぶつぶつと呟きながら、藤島さんはしょうがの袋を手にとった。

(紅しょうがっていうと、丼《どんぶり》ものの定番よね……)

「牛丼《ぎゅうどん》――」という言葉が口をついて出る。

振《ふ》り返《かえ》り、パックのおかずを眺めてみる。

「牛丼はない、か――きんぴらごぼう――ハンバーグ――サバの味噌煮《みそに》……」

そう連想ゲームのようにとなえて、味噌煮に手を伸《の》ばしてから、まじまじと見つめ、すぐに棚《たな》に戻した。

そしてその場から切れのある転身で振り返ると、缶詰《かんづめ》コーナーへと跳躍《ちょうやく》した。

(サバの味噌煮――――の、缶詰!)

華麗《かれい》に着地を決め、優雅《ゆうが》な動作で一番上に積まれたそれを手に取った。

(君に、決めた)

会心の笑顔と共にポーズをつけた。

直後。

サバ缶の山が、崩《くず》れた。

「え――――!?」

山といっても、コンビニの缶詰コーナーにあるのは五つほど積んであるくらいがせいぜいである。

しかし、なぜかそれが崩れた。

なぜかも何も、藤島さんが変に勢いをつけて一番上の缶詰をさらい取ったものだから、それで下も崩れたというだけのことなのだけれど。

気づいたら、他の缶詰も巻《ま》き込《こ》んで何個もの缶詰が床《ゆか》に落ちてしまっていた。

「――――え、ちょっとこれなに!?」

反射的にしゃがみ、拾い上げる。

さすがに彼女だって、自分の責任であることくらいは解るのだ。

しかし、最近でこそ運動はしているが、所詮《しょせん》は一日座りっぱなしの文筆業者。慌《あわ》てていたということもあるが、こぼれ落ちた缶詰を手で掴《つか》んで戻そうとしても、なかなか上手《うま》く綺麗《きれい》に積み重なっていかない。

そこに、ふっと手の上に手が重ねられた。

（え）

「ありがとうございます」

と声がかかる。

（え）

女の子がいた。

若い女の子だ。

二十代——もしかしたら、もっと若いのかもしれない。

（え？　なに、かわいい。こんな子、バイトにいたっけ？）

このコンビニには二年間、最低でも週に二度は来ている。昼間の人間以外、店員の顔のほとんどは知っているつもりだったのだが。

ここ五、六年はほとんど自分と同世代以上の女性としか接近して話をしたことがないということもあるが、鄙《ひな》に稀《まれ》なる……なんて言葉を使ってもいいくらいの若くてかわいい女の子だった。

その子は缶詰を藤島さんと一緒《いっしょ》に拾い上げて元の場所に戻すと、「ありがとうございます」と頭を下げた。

「いえ、そんな」

自分のせいなのに。

恥《は》ずかしい。

恥ずかしいし、何を言っていいのか解らない。

女の子はレジの方に向かっていったが、その背中を見つめてから、藤島さんは手の中のサバ缶《かん》を見る。

（……そっか。私、サバ缶買おうとしていたんだ）

少し前まで覚えていたのに、あまりの事態に忘れかけていた。というか、実際にいまこの瞬間《しゅんかん》まで忘れていた。

途中《とちゅう》で紅しょうがの袋を改めて手にとって、レジに進む。

「あの——その、さっきはどうもごめんなさい」

「いえ」

「本当、その、ごめんなさい……」

申し訳のなさのあまりに詫《わ》びの言葉を重ねてしまうのだが、女の子は「いえいえ」とさっきの一幕などなかったかのようにやりとりしていて、それをずっと気にしている自分がひどく滑稽《こっけい》に思えた。

(どうしよう……もうこの店、この時間帯にこれないかも……)

恥ずかしい。

恥ずかしい。

なんで自分は舞《ま》い上《あ》がったら変な動きなどをしてしまうのか、と頭の中で自分を責め立てるのだが、それでも指は財布の中から五百円玉を取り出していた。おつりがすぐに返ってくる。

ふと、目に入った。

(あ、薬指に指輪……)

つまり。

(――――既婚者《きこんしゃ》)

思わず、顔をあげてしまった。

「？」

女の子は不思議そうに、笑っていた。

◆　◆　◆

（あー、ちょっと驚《おどろ》いた）

帰宅して、台所に入ってから、そんなことを思う。

今日会ったばかりの店員さんが既婚者であるなんて、そんなことに驚くことはないのだが、最近は本当に若い人間と話していない。若い女の子というのは、本当になんだかきらきらしていると思う。嫉妬《しっと》すら感じない。三十路になると、若い女の子には何か憧れを抱《いだ》いてしまう——いや、憧れというよりも。

「いや、よくわかんない」

小説家のくせに、と自嘲《じちょう》しながら、袋からサバ缶を取り出した。

「さて……とりいだしたるこのサバの味噌煮——」

蓋《ふた》を外し、コンロに直接置いた。

「こうしてあったためてみますれば」

点火。

火加減を調節しながら、軽く一分。

「よし」と火を消してから、鍋《なべ》つかみで缶をつまみ、テーブルの上の鍋敷《なべし》きにちょこんと載《の》せた。

「電子レンジって手もあるけど、やっぱりこっちの方が香《こう》ばしいのよね」

大学時代、一人暮らしの友達の家に行った時、こうして缶詰を直接火にかけて温めて、そしてみんなでビールを飲んだ。それまでは缶詰を温めるときは器に移してレンジでチンしていたけれども、以来、サバ缶を食べるときはいつもこれだ。

実家暮らしではさすがにほとんどやってなかったけれど。

一人暮らしで実際にやってみると、香ばしいということもさることながら、洗う器が減るというのが何よりありがたい。

「ふんふんふんふーん♪」

鼻歌などをしながら、丼にごはんを盛り付けてテーブルにおき、さらに冷蔵庫から小袋に入ったレトルト味噌汁を出して器にいれて、ポットで湯を注ぐ。

席についてから紅しょうがの袋の封《ふう》を切って——

「じゃーん、サバの味噌煮丼——！」

ごはんの上にサバの味噌煮を箸《はし》で載せ、その上に紅しょうがをまぶし、完成した。

サバの味噌煮の缶詰を温めてご飯と紅しょうがと共にかきこむという、豪快《ごうかい》かつシンプルなシロモノだ。

料理というにはお粗末《そまつ》にすぎるかもしれないが、深夜のご飯にそんなに手をかけるというのは藤島さんとしては本意ではない。

なるべく手をかけずに美味しく——これが藤島さんの深夜ご飯についてのコンセプトなのだ。

「まず、箸でサバを割ってみます」

口に出して工程を解説する。

「そして適当な大きさに割って、割って、そして、紅しょうがをよそって——かきこみます！」

食べてみると、味噌の味の染《し》み込《こ》んだサバとご飯、そして紅しょうがとが、ほどよく合う。

(やっぱり、生姜《しょうが》は甘辛いものに合うわ)

しみじみ、思う。

実家暮らしをしていた頃は、母親の手料理にはなんら文句はなかった。今だってなんら問題はない。しかし思い返してみると、なぜだかその料理には生姜を効《き》かせたものというのがほとんどなかった。味付けには醬油《しょうゆ》と砂糖とみりん、あとは味噌以外の調味料は使っていなかったと思う。

（あれって、なんでだったのかな）

特に意味はなかったのかも知れない。

そんなわけで、藤島さんの食卓《しょくたく》にはたまに冷奴《ひややっこ》にチューブ入りのすりおろし生姜が添《そ》えられる程度で、紅しょうがにさえもほとんど遭遇《そうぐう》することはなかったのだった。

高校になって初めて牛丼を食べて――その時に紅しょうがの役割というのを思い知ったわけだ。

「にしても、本当に紅しょうがさまさまだよね」

これがあるのとないのでは、サバの味噌煮缶詰ご飯、まったく違うものになっていただろう。

「そしてサバ缶の味噌煮、これサバの味噌煮って料理とは違う次元に到達しているわ」

サバの味噌煮という料理は、あれはあれで素晴らしい。コンビニのおかずパックに入っているものもなかなかいける。むしろ家庭で作るものよりも美味しいのではないかと思う。

だが。

しかし。

サバの味噌煮の缶詰というのは、それらとは違うものだ。

それらとは違う食べ物だ。

どっちが旨《うま》いの美味しいのという問題ではない。

「サバの味噌煮」と「サバの味噌煮の缶詰」は、似て非なる別の食べ物なのだ。

恐《おそ》らく、あのおかずパックの味噌煮をご飯にかけても、こんな味わいにはなるまい。

そうすればそうしたで美味しくて満足しただろうけど、今のこの感じとは違うものだ。

「――――って、すっかりひとりごと、多くなったか」

一人暮らしだとそうなるとはよく聞く話だったが、自分も改めてそうなのだと気づくと苦笑がもれた。

人と話さない、わけではない。毎日のように誰《だれ》かとネット電話で話している。けれど、ほとんど人に直接会ってはいなかった。今日話していた相手も、最後に直接会ったのは昨年末の忘年会で話したときだ。

「あんまりひとりごとが多い生活ってのもね……」

そんなことをひとりごちながら、テレビのリモコンを手にとって、しかし数秒ほどでテーブルに置き直し、タブレットを操作して公共放送のＦＭラジオを流しだす。

「侘《わ》びしいとなったら、徹底的に侘びしくしましょう」

どのみち、この時間帯で見たいテレビ番組があるわけでもなし。

深夜にラジオを聞いていると、大学時代を思い出す。

あの頃は、さすがに今みたいな昼夜逆転生活というわけではなかったけど、朝まで起きてて昼まで寝るなんてことは普通《ふつう》にしていた。原稿を書きながら、ラジオを流していた。ラジオに聞き入って原稿を書くのを忘れていたことも、原稿を書いてたら何《い》時《つ》の間にかラジオ番組が終わっていたことも、どっちもある。

あの頃の自分は、大学を卒業してこんなところでこんな風にラジオを聞くことになるだなんて、想像もしていなかった。

「……まさか、ＦＭも入らない田舎だなんてね」

そんな場所が、この日本にあるとは思ってなかった。

ラジオを聞くにはネット経由で、テレビだって民放を入れて三局しかないので、ケーブル放送を入れなければならなかった。

それほどの田舎の農地のど真ん中だから、築二十五年とはいえ一軒家《いっけんや》が月三万円という格安で借りられたのだった。勿論、それほどの安さには相応の経緯《けいい》があるのだが、ここが田舎であるということには変わりない。

畑と田んぼのど真ん中にある、陸の孤島のような一軒家。

田んぼに水が張られると、誇張《こちょう》抜きで遠目からはまるで島のように見える。

周囲三キロにある家は三軒もない。

「仕事で引きこもっているから、東京でもここでもそんなに変わんないんだけど……」

それでも、やはり、何もない分、刺激というものには敏感《びんかん》になってしまう。

東京の実家なら、コンビニに行こうと思えば歩いて五分以内に三軒はある。

店員の顔ぶれも新商品の弁当もめまぐるしく変わっていく。

店だけではない。

音と光が渦巻《うずま》く中を歩いて行くのも物心ついた時からなので、慣れすぎてしまっていたらしい。

こんな、何もない場所では、些細《ささい》な変化がなんだかとても気になってしまうのだ。

「あんな子が、若奥様ね……」

ほんの十分ほど前に出会った、新人の女の子。

以前ならばそんな変化、些細すぎて気にもならなかったのに。

「新妻《にいづま》がコンビニ店員……旦那《だんな》さんの稼《かせ》ぎが少ないのかな。いやいや、それはありがちすぎ。あんな垢抜《あかぬ》けた子なんだから、やっぱり都会生活していた子だよね……旦那さんが転勤してきて、それでこんなで暇《ひま》だからバイトを始めてみて……」

そこまでひとりごちてから、やっぱり一人暮らしはダメかもとぼやく。

ついつい、下世話な想像をしてしまう。

しかし。

「新婚《しんこん》さんか……」

藤島さんは一言そう呟き、サバの味噌煮缶詰丼をかき込む。

藤島さんの深夜ごはんは、いつもだいたいこんな感じだ。

サバの味噌煮缶詰紅しょうがあえ丼のレシピ

◆材料
サバの味噌煮　一缶
紅しょうが　　適量

◆作り方
サバの味噌煮の缶詰の蓋を開け、ガスコンロにかける。弱火。
ほどなくして温まるので、頃合いを見て鍋摑み用手袋などで摑んで取る。
中身をご飯にかけて、紅しょうがを好みの量だけあえる。
※サバ缶の中身を出して小皿にとり、ラップをかけてレンジでチンする方が確実です。

◆ワンポイント
サバの味噌煮の缶詰を温めるだけで、とても料理といえるようなものではありませんが、サバ缶を調理しての料理は幾つかあります。

サバの味噌煮ともまた違う「サバの味噌煮の缶詰」は、工夫次第で色んな料理になるのです。皆さまも挑戦《ちょうせん》してみてはいかが？

二食め　コーヒーで作るノンアルコールビール

田舎の生活と言っても、いまどきは都会とそう極端《きょくたん》に変わることはない。

何か欲しいものがあればネットで注文すればすむ。テレビ番組もBSを入れれば都市部と同様のものが見られる。一日の大半を液晶《えきしょう》モニターを眺めているのに費やす作家仕事なら、東京生活もこんな山奥の盆地《ぼんち》の田んぼのど真ん中も、さして変わらない環境とは言えた。

だから。

「…………そろそろ、タイムラインを追い切るのも限界かなあ」

藤島さんは寝そべりながら、ノートパソコンの中で伸びきったツイッターのタイムラインを眺める。

同業者中心に、それでも三百人ほどフォローしたアカウントは何千ものツイートやらリツイートでぐだぐだに伸びきっていた。

「できるだけ全部目を通す、だなんて馬鹿《ばか》な意地でしかないんだけど……やっぱり、二百人が限度かなあ。それ以上だと、全部チェックするだけで何時間もかかるし」

暇つぶしのためにあるソーシャルメディアだというのに、それのために時間をひねり出すというのは本末転倒《ほんまつてんとう》だった。

ネット電話で話す同業者の友人たちからも「まず仕事しようよ」とよく言われるのだが。

（なんというか、中毒というか依存症というか……）

自分でもどうにもならない部分があった。

藤島さんはそんなわけで、半ば諦観《ていかん》を覚えつつパソコンの画面を見ている。

タイムラインが伸びきってしまうのは、彼女がその間に寝ていたからであった。最近のサイクルでは夕方に寝て、日付が変わった頃に起きるというものになってしまっている。その間に未読のツイートで埋《う》まってしまうのだが、やはりこの時間帯がよくないな、と思う。これが寝ているのが深夜ならばこんなにツイートは入らない。

「昼夜逆転生活が全《すべ》ての元凶《げんきょう》ってことかしらね……」

ぼやきながら、マウスでタイムラインを上に登っていく。気に入ったものにはRTしたりファボを入れたりしながら……時折メンションを送ったりして。

今日も夕方に寝てしまってから、日付が変わった頃に起きてしまってこんな有り様だった。

いつもはよく話す同業者の人間は、今日は「締《し》め切《き》りせっつかれているからファミレスに行く」とのことで、昼過ぎにちらっと挨拶《あいさつ》しただけだ。

起きたばかりの頭に糖分をいれるために、あらかじめ作りおきしておいたおにぎりを食べる。

そしてペットボトルのお茶をそのままらっぱ飲みした。

（あー、一人暮らしだとついつい自堕落《じだらく》になっちゃうなあ）

今更《いまさら》だが、そんなことを思う。

いい加減、二年も一人暮らしの生活をしていると、当初の張《は》り詰《つ》めていたような気負いも緊張《きんちょう》もまるでなくなってしまう。隣《となり》に誰かがいるというような都会のマンション生活でもなく、田舎の一軒家ならなおさらである。

こんな時間に間違っても誰かが訪ねてくることはない——ということで、藤島さんはだれきっていた。

具体的には、タンクトップにパンツという姿である。

そんな姿で枕《まくら》を抱《かか》え込《こ》みながらねそべって、畳《たたみ》の上に直置きしたノートパソコンを見ている。

「……まあ、そろそろ、この生活続けるかどうか、考え時、よね」

ひとりごちる。

とりあえずはいい加減、こういう生活スタイルも改善しなければ……とぼやくように言いながら、ふと、あるツイートに目が止まった。

「お？」

これは。

「おおっ」

なかなかに。

「面白そうっ」

コーヒーと炭酸水でノンアルコールビールが作れる――

「これは――試すしか無い」

そういうことになった。

◆　◆　◆

田舎の生活と言っても、いまどきは都会とそう極端に変わることはない。何か欲しいものがあればネットで注文すればすむ。テレビ番組もBSを入れれば都市部と同様のものが見られる。一日の大半を液晶モニターを眺めているのに費やす作家仕事なら、東京生活もこんな山奥の盆地の田んぼのど真ん中も、さして変わらない環境とは言えた。

——とはいえ、まったく同じ、ということはない。


ひとつ、都会なら簡単だけれど、田舎では不可能なことがある。

それは……ちょっと気晴らしに散歩に出てコンビニに立ち寄る——ということ。

なにしろ歩ける範囲にコンビニがない。今すぐにでも物欲を満たそうとどこかの店に行く——にしても、一時間は車を走らせなければならない。

そう。

田舎生活では、とにかく車が手放せない。

いついかなる事情があって遠出しなくてはいけなくなるか、そういうことを考えると、酒を飲むのにもいちいちスケジュールの確認が必要になってくる。一人暮らしならなおさらだった。

藤島さんはそんなに酒を飲む方ではないけれど、たまには酒の一杯や二杯、晩酌《ばんしゃく》にちびちびやりたいなどと思う時もある。ビールを飲みながら、SNSで友達に色々と吐《は》き出《だ》したいなどと考える日もある。

しかし酒を飲むと自動車には乗れない。

「これは絶対的な矛盾《むじゅん》よね……」

他の人たちはどういう風にしているのだろうか、とも思う。

やはりタクシーを使って飲みに行くのか、あるいは運転代行を頼むのか。

たまにノンアルコールビールなどで誤魔化《ごまか》したりもしている。けれど、市販のノンアルコールビールを飲むと、確かにまったくアルコールは入っていないはずなのに。

「なんで酔《よ》っちゃうんだろ、あれ」

どういうわけか、藤島さんはノンアルコールビールでも酔った気分になってしまうのだった。

ビールそっくりの味のものを飲んだせいで脳が錯覚を起こす、とかなんとか、それらしい話は聞くのだが、理屈《りくつ》はよく解らない。最初はそれはそれでよかった。酩酊《めいてい》気分が味わえればよかったし、ノンアルコールならば車も乗れるだろうと。

しかし。一度その状態で車に乗ってから、考えを改めることになった。

（アルコール入ってないから警察に捕《つか》まらないってだけで、酔ったりしたら危ないじゃないの）

そうなのだ。

ほんのり酩酊した脳みそでの運転は危ない——ということに、やってみてようやく気づいたのだ。

これではノンアルコールのものを飲む意味がないと、藤島さんは思う。

そんなわけで、ノンアルコールビールとはいつの間にか疎遠《そえん》になった。

今年になってからは一度も見てない。

藤島さんは慎重《しんちょう》にスケジュール調整をしながら、たまに本物のビールか日本酒を買って飲むことにしているのだった——が。

「このビールっぽい飲み物だったら、もしかして……？」

これがノンアルコールビールくらいビール似の飲み物なら、同じように酔ってしまうかもしれないが――

（コーヒーに、炭酸水だものね）

写真が添付《てんぷ》されたツイートを見た時は、本当にビールそっくりだと思ったし、味もビールみたいだとも書かれていたが、そんなものが本当にビールそのものの味になるとはさすがに思えない。

検索すると、このビールの作り方を教えてくれているサイトはあった。

それによると、インスタントコーヒーを濃《こ》いめに作り、荒熱《あらねつ》をとってスプーンひとさじいれて炭酸水を注ぐ、とのこと。

「帰ったくらいにはちょうど、冷えているでしょう」

そんなことを言いながら、藤島さんはまず台所にいくと、インスタントコーヒーを淹れた。それから少し首を捻《ひね》って、さらにスプーンもうひとさじ、コーヒーを入れる。濃いめ、というのがよく解らないのだけど、これくらいなのだろうかと思う。藤島さんはそんなにコーヒーに詳《くわ》しくない。

マグカップをテーブルの上においてから、台所を出る。

明かりはそのままにしておいた。

どうせ最速で二十分ほどで帰ってくるし、電器がついている方が帰ってきた時に足元がよく見えてありがたい。

　家族と生活していると、用事がなくなった部屋の電器は消せ、とよく言われていたものだが、一人暮らしだとそこらは自己責任ということで、どうにでもなる。

　玄関《げんかん》から出て車に乗ると、ガソリンを入れ忘れていた――ということに気づく。

「……今日往復するくらいなら問題ないか」

『町』に行くのはまた明日か明後日か、としよう。

　洗濯物《せんたくもの》も溜《た》まっているし、そろそろコインランドリーに持っていこうと思う。

　藤島さんは心のメモ帳に数日分の予定を書きこんで、車を発進させた。


「さて、炭酸水、炭酸水……」

　今までコンビニで炭酸水を買ったことはない。まったく飲まないというわけではないのだが、この手のものは酒を割るときに使用するので、藤島さんにとっては、炭酸水は予定をたててディスカウントストアなどで購入するものなのだった。

　さすがに、そちらはこんな時間には開いてない。

　硝子戸《ガラスど》に閉ざされている飲み物コーナーを見ていると、すぐに炭酸水は見つかった。

水のすぐそばだった。当たり前といえば当たり前なのだが、わざわざこのために車を走らせてきたことを思うとどこか拍子《ひょうし》抜《ぬ》けな気分にもなる。

　しかし藤島さんはその炭酸水を見て眉《まゆ》をひそめた。

（へえ、レモン風味とかグレープフルーツ風味とかあるんだ……）

　不覚にも、知らなかった。

　ディスカウントストアで買える炭酸水は、大きくて安いが、特別に何か香料《こうりょう》が入っているということはない。業務用っぽい殺風景な炭酸水だ。なので、この違いにはなんとなく意表をつかれた気分がしてくる。

「どうしようかな……炭酸水に風味がつくと、味が変わったりするのかな」

　コーヒーに炭酸水でビール、その炭酸水に風味がつくと……？　だめだ、計算式が難しすぎる。

　うーん、と腕を組んで悩んでから、ふと視線を下にやると、サイダーが目に入った。

（そういえばあのツイート、ツリーみてたらサイダーで割るとかも書いてあったっけ）

　なんでも、少し甘口《あまくち》ではあるがこれはこれで面白いともいう話だった。

　藤島さんは少し想像する。

　サイダーと炭酸水の差は——要するに、糖分が入っているかどうかだ。つまりは、砂糖入りのコーヒーを炭酸水で割るようなものなのだろう。多分。

（特に問題もないか）

藤島さんは決意した。

「全部買おう」

そう、声に出して決めた。

同時にケースを閉めると、入り口の傍《そば》においてある青い買い物かごを勢いよく取る。

「幸い、炭酸水のサイズは５００㎖だけ。これはディスカウントストアより割高だけど、色々と試すのなら適しているサイズ――」

そう呟きながら、一本ずつ、種類の違う炭酸水を手にとってかごに入れた。

そして踵《きびす》を返して食品コーナーに足を向けようとした時、見えたものがあった。

（無糖コーヒー……これだ！）

レシピではインスタントコーヒーでいいと書いてあったし、ツイートした人もそれで作ったようだが、こうして無糖缶コーヒーで作ってはいけない、ということを示しているわけではないだろう。むしろインスタントコーヒーを濃いめ、などというあいまいなものではなくて、こういう缶コーヒーでやる方が手間がかからないのでは？

藤島さんがコーヒーを目にしてからそこまで結論づけるのに要した時間は、おおよそ一秒ほど。

（やばい、探究心がむくむく盛り上がってきたぞ……）

足を進め、そしてケースを開け、無糖缶コーヒーを念のために二本、かごに入れた。

「まて、よ……？」

そして無糖のコーナーの下段にある、微《び》糖《とう》コーヒーも一本、手に取る。

（ちょっとくらい甘味があった方が、ビールの味により似せられるかも。炭酸水に砂糖が入ってるサイダーがありなら、コーヒーに砂糖が入ってるこっちもあり、よね）

とりあえずの思い付きではあるが、悪くないのではないか、と彼女は思った。

そして今度こそ、と食品コーナーに向かおうとしたのだが、再び「待てよ」と口にした。

「どうせいろいろと試すんだから」

百円均一のスナックコーナーに踏み込み、カツを手に取り、かごに放《ほう》り込《こ》む。

（ビールに合いそうなもの、とにかく買っていこうじゃないの！）

とはいえ、ビールに合うというのなら、

正直、なんでも合いそうな気はする。

しかしそこはそれ、藤島さんの脳みそは「これ」というものの選《せん》択《たく》を即《そく》座《ざ》にすませている。

「まず、冷凍《れいとう》食品コーナー」

冷凍枝豆。

レンジでチンすればすぐにも食べられるし、塩までついているという優《すぐ》れものだ。

「缶詰コーナー」

サバの、今回は味噌煮ではなくてただの味付け。

先日にサバの味噌煮を温めてごはんにかける、というのをしたばかりであるが、味が違えばまだまだいけそう気がする。

「おつまみコーナーは――」

今回は、あえて除外。

除外するしかなかった。

なぜならば、彼女は決めてしまったのだから。

これを合わせて食べたいと、決めてしまったのだから。

「――焼き鳥」

ビールに、焼き鳥。

この世には、数多《あまた》と正義がある。

正義の反対は悪ではなく、もう一つの正義だ、と言ったサラリーマンがいたとかいないとか聞く（念のために書くと、藤島さんはそれがデマということは知っている）。

自分の掲《かか》げる正義こそが、真なる、絶対の正義であると、人は多くがそう思う。

それは間違っている。正義とは相対的なものだ。しかし、それを誰よりも多くの人たちが認めるのならば、それは相対的に、正義としての強度は高まるのではないか。

藤島さんはそうとすら思う。

そして彼女にとっての正義であり、恐らくはこの日本に住む者の多くの人間にとって、やはり同じくそれは正義であるに違いない事実がある。

焼き鳥とビールは合う。

むしろ最高の組み合わせであると、

あるいは、それは無上の真理であると。

（さあ、偽《にせ》ビールさん、あなたが本当にビールに近い味になるというのならば、焼き鳥を合わせて飲んだ私に、その真実を示しなさい——）

「……焼き鳥ですね」

気がつけば、店員さんが復唱していた。

——あの、先日の女の子だ。

藤島さんは、硬直《こうちょく》した。

（やっちゃった）

とも思った。

店員さんの顔をついまじまじと見つめてしまうが、特に何かの、含むような感情は見て取れない。冷静に考えれば、客のちょっとくらいの奇行《きこう》は接客業をしているのならば普通に遭遇するもので、この程度のことなどやらかしたというようなものでもないのかもしれない。

しかし。

藤島さんは、この時、変にテンションがあがってしまった。

別の言い方をするのなら、テンパってしまった。

「あのですね、そのですね、実は炭酸水でコーヒーを割ったらですね、ビールみたいな飲み物になるってネットで見まして」
店員さんの顔を見ると、笑顔を崩さずにレジに飲み物を通していた。
もう一人のおばちゃんの店員さんが焼き鳥を梱包《こんぽう》していた。
（何聞かれてもいないこと言ってるのよわたし！）
言われた方だって困るだろうと思う。
「全然知りませんでした」
純粋《じゅんすい》に驚いた顔をしていた。
（あれ……？）
なんだか、嬉《うれ》しくなってしまった。
「私も、知らなくて、それで……」
本当に何を言っているんだか、と彼女は思った。
それからしばし通常のやりとりで買い物を済ませ、そそくさとコンビニを出ていく。
若い店員さんは、出入り口へと顔を向けて少し口元をほころばせていた。

◆
◆
◆

「――――さて」

恥ずかしい過去は忘れよう、とつい十数分前の記憶を抹消《まっしょう》することに決定した藤島さんは、自宅の台所に戻ってからすっかり湯気もたたない程度には冷めたコーヒーを見た。

「とりあえず、レシピ通りに作ってみますか」

と言っても、レシピというのは荒熱をとったコーヒーをスプーンでコップに入れて、炭酸水を注ぐだけだったのだけど。

ジョッキを取り出し、スプーンひとさじたらし、そこに炭酸水を注ぐ。

すると、確かにビールそっくりの液体ができていく。

「おおっ」

思わず声がもれた。

写真でどういうものかは知っていたのだが、自分でやってみてもこうまで上手くいくとは思ってなかったのだった。

……上から眺めていると、泡《あわ》には微《かす》かに黒いものが混じっていたが、それはご愛《あい》嬌《きょう》だろう。

藤島さんはジョッキを手に取り、数秒ほど期待をもって見つめていたが、やがて口元に運び――

すぐに顔をしかめた。

「うーん……？」

ビールっぽい味がする、と思っていたのに、コーヒーっぽさが随分《ずいぶん》とたっていた。

色合いといい、どう見てもビールなのだけど。

これは本当に、ただ単純にコーヒーを割っただけの炭酸水だ。

ビールの代わりになるようなものでは、とてもない。

少なくとも、先刻に見たサイトの解説にあるようなものとは思えなかった。

しばし目を閉じて考えてみる。

（ああ、解った）

香《かお》りだ。

荒熱がとれたとはいっても、インスタントコーヒーであったとしても、作りたてであるには変わりない。コーヒーとしての香りがまだ強く残っていたのだ。それが炭酸でよりきつく感じられる……のだろう、と思う。多分。きっと。

「あと、濃く作りすぎたのかも」

さじ二杯というのは、さすがに失敗だったらしい。

うーん、と唸《うな》りながらもジョッキの中身を片付けた藤島さんは、しかしそれでも。

「けど——しかし、備えあれば、憂《うれ》いなし」

むしろ意欲的に袋の中身に手を突っ込んだ。

「つまり、すっかり冷え切っていて、濃さもちょうどいいはずの、これなら！」

市販品の無糖缶コーヒー。

(買っといてよかった！)

これならば、先ほどの問題点は全てクリアされているはずだった。

そしてできあがったものは、先ほど同様にビールっぽくて。

「あー、本当にビールっぽい」

味も、なんだかビールっぽい飲み物になっていた。

「苦味と炭酸が、ビールっぽく感じさせるのねー」

先ほどのインスタントコーヒーから作ったのと違い、コーヒーとしての香りもしない。

藤島さんはすぐさまサバの缶詰を開けて、箸を突っ込む。今回は温めるのはなしだ。

甘辛い味がする味付けのサバを食べてから、炭酸水コーヒーをぐびぐびと飲む。ほろ苦い味と炭酸水のしゅわしゅわが、ほどよく舌の上を洗い流していく。悪くない。この感じは、かなり近い。むしろ良い。

「ふはー、これっ、本当にビール！」

ビールそのものではない。

だけど、なんだかビールっぽい。

ほどほどの苦味が、甘辛い食べ物によく合う。

「と、なると、少し甘味が入っている方がよりビールっぽく……」

ジョッキを開けると、今度は微糖コーヒーを少したらして、しかしすぐに「あ」と声をあげた。

「しまった、こっちは乳成分ありだったんだ」

確認してなかった。

無糖とは違い、コーヒーはこげ茶色だった。

彼女は「うーん」とそれでもと上から炭酸水を注いだが、すぐにやめた。

無糖コーヒーで作ったものと違い、ビールのような澄《す》んだ薄黄色の液体にならず、濁《にご》った色合いになってしまった。

それでもそれでも、と試しに口に含んだが、すぐにやめて、流しにだばーっと捨てた。蛇口をひねってジョッキを洗う。

「と、やっぱり、ベストは無糖缶コーヒーということになるね」

気を取り直して椅子に座りなおした藤島さんは、炭酸水と無糖缶コーヒーで改めて作り直す。

やはり、これだ。

この味だ。

ビールっぽくて、だけどビールじゃない。

苦味を含んだ炭酸水、と言った方がいいのかもしれない。

しばし余韻《よいん》に浸《ひた》っていた彼女だが、再び立ち上がり、冷凍枝豆を皿に盛ってレンジに入れる。

できあがるまでの時間を、もう一度座ってから焼き鳥を袋から出してかじりつき、ビールをあおる。

やはり、正義だ。

焼き鳥の甘いタレとビールの組み合わせは正義なのだ。

正義はここにあり。

この苦さと甘さの組み合わせがいいのだ。

「コンビニの焼き鳥って、ちょっと高いけど、そこらの焼き鳥屋のより美味しいのよねー……」

ひとりごちてから、タブレットを開いてラジオをつける。

公共のFM局はこの時間だと退屈な番組ばかりになるが、むしろそれがなんとなく落ち着く。

枝豆ができあがるまでの数分間、焼き鳥を食べながらビールを飲んでいたが、ふと気づいたように口にした。

「市販のノンアルコールビールも買って、飲み比べしてもよかったのかもね……」

とりあえず、次に試すのはサイダーとコーヒーでだけども。

このノンアルコールビール、確かに悪くない。

ビールの代わりの飲み物として充分だと思える。

そしてやはり、思っていたとおりに酩酊感はなかった。

それはそれで、少し寂《さみ》しいなと藤島さんは思った。

コーヒーを使ったノンアルコールビールのレシピ

◆材料
無糖缶コーヒー
市販の炭酸水

◆作り方
無糖の缶コーヒーをジョッキ、あるいは大きめのコップに大さじ一杯ほど入れる。
その上から炭酸水を注ぐ。
色合いなどを見て適度を判断する。
※缶コーヒーを使用する場合は無糖を使うこと。乳製品が入っていると濁ります。

◆ワンポイント
ビールのような見た目でビールのような味わいですが、ビールそのものの味がするわけではありません。

インスタントコーヒーからも作れますが、無糖缶コーヒーと違い、香りが強くでるようです。色々と試して、好みの味を追究してみてください。

全体的に甘辛い料理に合います。
コーヒーと炭酸水が材料なので、お子様でも飲めます。

ノンアルコールビールの代用にするには、経済的には大差はないようです。
ノンアルコールビールなどでも酩酊してしまう人にはおすすめ。

※今回のレシピとお話には、左記の記事のほか同様の各種レシピ紹介、同じく「コーヒーを使ったノンアルコールビール」に挑戦された方々の投稿などを参考にさせていただきました。個人のtwitter などについてはひとつひとつのURLを挙げるのは差し控えますが、記して御礼申し上げます。ありがとうございました！

■女性の美学　どんな食事にもあうノンアルコールビールを簡単につくる魔法の小技
（URL）http://josei-bigaku.jp/lifestyle/nonaruko-ru2016/

三食め　野菜と味噌ラーメン

「あれ？」

と言われて、藤島さんは顔をあげた。

こんなところに顔を知ってる人間はいないはずだけど、と思ったが、声には確かに聞き覚えがあった。

「――あの、すいません。いつもうちの店に来られている方……ですよね」

（あ）

そこにいたのは、最近近所のコンビニでよく顔をあわせる若い女性店員さんだった。

腕に抱いているのは大きめの鞄《かばん》で、その中身は想像するまでもなく藤島さんがここに持ち込んだものとそう変わらないだろうということは解っていた。

ここは――『町』のコインランドリー。

彼女たちのすぐそばで、ドラム式の洗濯機《せんたくき》がぐるんぐるんと回っている。

一人暮らしの藤島さんは、当然ながら家事も一人でこなしている。それはつまり食事、掃除《そうじ》、洗濯なども一人でするということだが、食事はともかくとして、掃除にしても洗濯にしても、毎日続けるというのはなかなかに手間だ。

そんなわけで、一人暮らしを始めた当初の彼女は仕事優先にしてそこらは適当にすませていた。掃除なんてしなくてもすぐに部屋は汚れないと思っていたし、多少そうなったとしても死ぬようなことはそうそうないだろうし、特に困るほどのものでもないだろう、と考えていた。

甘かった。

引っ越し三ヶ月で、ひどい状態になってしまった。

この場合の「ひどい状態」とは、具体的に説明するのはとてもはばかられる、ということである。

突然《とつぜん》に決めた引っ越しによって、当時の仕事のスケジュールが無茶苦茶になってしまった彼女は、そちらを優先して掃除も洗濯も当初は適当に、それでもやることはしていのだが、いつの間にか部屋と風呂と台所とトイレとの間を移動するだけの生き物と化した。食料がなくなればコンビニに行って弁当を買い、風呂も面倒になって一週間、一度もシャワーすら浴びてないなんてことすら常態となった。

結果としてできあがったのは、見るも無残、語るも哀《あわ》れな惨状《さんじょう》であった。

ひととおりの仕事を済ませた藤島さんは、それを見て呆然《ぼうぜん》とした。

いくらなんでも、これはあまりにもひどい。

そういうわけで、以来、彼女はとにかく掃除だけはまめにすることになった。

しかしそうすると、人間のリソースとは限られているもので、一つのことに力を傾《かたむ》けると別のどこかにしわ寄せがいく。疎《おろそ》かになる。

洗濯についても、その後にひどいことがあった。

これについては、あえて語るまい。

そんな試練を繰り返し、積み重ね、なんだかんだと至ったのが「週に一度は『町』に買いだしついでに洗濯物をコインランドリーにもっていく」という――これまた一人暮らしの人間にありがちな生活サイクルなのだった。

今日はそんなわけで、椅子に座って雑誌など読みながら洗濯物が乾くまでいる予定なのだったが。

(なんでこの人、ここにいるのかな)

若い店員さんを見て、そんなことを思う。

「………あの、人違いでした？」

すぐに返答がないので、何か自分が間違えてしまった――と思ったのかもしれない。

コンビニ店員さんが、表情を強《こわ》ばらせる。

「いえ」

藤島さんは立ち上がった。「私、いつもそちらの店によらせていただいてます」

「そうですか！　そうですよね！　いつも来てらっしゃるお客様ですよね！　よかったあ……人違いしてしまって、まるで関係ない人に話しかけたのかと思っちゃいました。すみません、いきなり話しかけちゃって……ご迷惑《めいわく》ですよね」

「いや、こちらこそ反応遅くなってしまって。あのその、いつぞやは缶詰ひっくり返したりして、すみません」

ちょっと驚いてしまって、ともっともらしいことを言う。

店員さんは「いえいえ」と応じた。相変わらずカウンターの向こうでいつも見る笑顔だったが、こうして私服でいると少し変わっているような気がする。

しかし驚いたのは事実ではあるが、反応が遅くなったのは驚いたからではない。

（コインランドリーとかにくるんだ）

なんとなく、ぼんやりと、結婚《けっこん》なんかしているのだから洗濯機も家にあって、コインランドリーになんて来ないものと思い込んでいた。

もっとも、そういう藤島さんの家だって、一人暮らしで乾燥機も洗濯機も完備されている。結婚している人間がコインランドリーを使ってはいけないなんて理由はない。

ふと改めてコンビニ店員さんを見つめなおす。

(荷物少ない)

そんなことを、思った。

コンビニ店員さんが抱えている鞄は、大きめではあってもそれほどの容量が入るものではないように見えた。夫婦そろっての洗濯物を入れるのには少ないのではないだろうか、とまで考えてからまた思い直す。

夫婦だからって二人分の洗濯物を持ち込むとも限らない。

コンビニの店員さんは荷物の中身を洗濯機に入れて、課金した。

そのあとで藤島さんと少し離れた椅子に座る。

「店の外で見かけたからって、声かけるのもあれかと思ったんですけど」

こんな場所だと、顔見知りと会うこともないので……と続けた。

「地元の人じゃないの？」

と話しかけた藤島さんだが、なんとなく予想はついていた。

見た感じからしても垢抜けているし、イントネーションがこの辺のものではない。

もっと東の方の人間だというのはなんとなく解っていた。

「就職して、こちらに引っ越してきたんです」

「ああ、なるほど」

（あれ？　就職？　結婚じゃなくて？）

なんだか自分の想定とずれているなあ、とは思ったのだが、それを聞き直すのもなんだかはばかられた。この子はたまたまよく顔を合わせる店員さんで、藤島さんはそこによく顔をだす客でしかない。

本当は、こうして外で話しかけてもいけないのではないか、と思う。

そういう規定があるのかどうかは知らないが、藤島さんの常識としては常連客とはいえ、あまり店の外で関わってはいけないのではないか、と思う。

しかし、そういう規定が仮にあったとして、それでもなお話しかけてしまう気持ちというのも理解できるつもりだ。

（顔見知りがいないって言ってたけど、本当にそういうことなんだろうな）

こんな田舎に来て、休みの日にも会う人もいない――それは二年前から藤島さんもそうなのだ。

そして、まだそういう寂しさに慣れてない、何ヶ月目かの、そんな時期。

だから外で顔見知りにあった、という程度のことが嬉しくて声をかけてきたに違いない。その気持ちは藤島さんにも解る。彼女だって東京から離れたこの町で、知り合いに出会うことがあれば同じようなことをしただろう。

（けど、話しかけられても、そんなに会話のネタがあるわけでもないし……）

どうしようか。

洗濯物を乾燥機にかける前に帰ろうか、などと考える。あまり同業者と出版関係の人間以外と話さない藤島さんにとって、一般人、それもお互いによく知らない、しかも自分よりかなり若そうな女の子と話すというのはとても緊張する。

このまま逃げてしまいたい。

逃げてしまいたい、けれど。

あからさまにそんなことをしたら、今度はあのコンビニに行きにくくなる。

この子も客商売だから気にした素振《そぶ》りを外目に出すことはないだろうけれど、藤島さんの方が気になってしまうのだ。

気になってコンビニに行けなくなる。

そうなると死活問題である。あの店の次に近いコンビニはこの『町』にまでこないとないのだ。深夜に三十分もかけてここまで来るというのは、藤島さんだってあまりしたくない。

気にしなければいいじゃないか、などと思う人もいるかもしれないけれど、そんなことを気にしないでいられるような人間ならば、そもそもからしてこの場で緊張などしないだろう。

藤島さんは交友関係が狭《せま》くて——ありていにいえば、人見知りなのだった。

女の子はしばらく彼女を見ていたが。

「あの、ビール」

と言った。

「ビール？」

「ほら、こないだ。あの、コーヒーと炭酸水で、ノンアルコールビールを作るって言ってたじゃないですか」

「ああ——」

そういえば、というほど脳みその片隅《かたすみ》に追いやっているようなことではない。むしろ最初に思い出したことだ。なんで自分はあんなことを店員さんに話したのだろう、という後悔《こうかい》とともに想起していた。

「あれ、わたしも作ってみたんです」

「それは——どうでした？」

思いもしてなかった言葉を続けられて、藤島さんはつい尋《たず》ねてしまった。

「なんていうか、ホンモノのビールとは全然違う味でしたけど、けど、なんかこれってビールって言われたらそういう感じのする味でしたよね」

「やっぱり、そう思いました？」

「ええ、なんていうか、『ビールっぽい』？」

「――そう、それそれ！」

我が意を得たり、とばかりに勢い込んでしまう。

「ビールそのものじゃないけど、なんだかビールみたいな感じ！　ビールそのものの味なら市販の買えばいいけど、あれはあれで全然違う飲み物よね！」

「持って帰ったとんかつ弁当によくあってました」

（とんかつ弁当を――持って帰った？）

それは、家では旦那はご飯とか作ってくれたりはしていない、ということだろうか。

藤島さんの脳内で、新婚で妻をバイトに行かせて、自分では家事の手伝いもしないろくでなしの夫のイメージができあがる。

藤島さんの直接知っている（数少ない）男たちは、だいたいみんな料理や家事が得意だったので、家事手伝いもしない旦那というのはどうにもマイナス評価になってしまうのだ。

（あ、いや、家事ができるからってろくな男とも限らないか）

そう思い直しつつも、やはりろくでなしなイメージは払拭《ふっしょく》しきれない。

「あ、持って帰ったと言いましたけど、ちゃんと買ったお弁当ですよ」

と店員さんは慌てて言《い》い添《そ》えた。

「？　それは、言われなくても」

解ること、と続けようとした藤島さんだが、店員さんは言葉を続けた。

「コンビニの店員がお弁当持って帰ったというと、廃棄《はいき》弁当を持って帰っていくと勘《かん》違《ちが》いする人がたまにいるので」

「ああ、そういう――コンビニバイトは高校の頃にちょっとだけやったけど、ロスになる廃棄弁当、持って帰ったりしたらダメなんでしょ？」

「よそ様は知らないですけど、うちのグループは直営店ではそれはダメですね。フランチャイズの店だと、そういうの黙認《もくにん》されている場合もあるって話ですけど」

「へー」

聞いてみないと、解らないものだ。

……それから、少しばかり二人は長話しした。

コンビニバイトではなくて、正式な店員であるということ。

研修も兼ねて、こちらに赴任《ふにん》しているということ。

（あれ？　結婚したからじゃなくて？）

なんだか変な感じだ。

どうにも何か致命的なくらいに前提の間違いを犯している気が、する。

違和感をどうにも説明しきれない藤島さんであるが、こちらも適当に自分のことを話していた。勿論、小説家であるとかそういうことは話さない。自営業で、都会から越してきてこちらに一軒家を借りているとか、一人暮らしだとか。

「一軒家――ですか」

店員さんは、そこで何か怪訝《けげん》な顔をした。

「この辺りって、そんなに安く借りられるんですか？」

「相場がどれくらいかは解かんないけど、まあ不動産屋さんとうちの親が知り合いで、安い物件を見つけてきてくれたの」

（あ、こんなことまで話すことはなかったかな）

言ってからそう思った。

ぽろりと口から出てしまったのだ。しかし出てしまったのだから仕方ない。

仕方ないから、ここは正直に話す。

「いわゆる、わけあり――ね」

「わけあり……？」

意味深に言うと、店員さんも少し怯《ひる》んだ様子を見せたが、すぐに身を乗り出してくる。こういう話が好きなのか、それとも単に好奇心《こうきしん》が旺盛《おうせい》なのか。

「――って言っても、そんなに深刻な話でもないから。前の住人が一人暮らしで、誰にも知られずに亡くなったってだけだから」

「それって……、あの、孤独死ってやつですか？」

「いわゆる、それね」

そういう話は不動産屋は話さないものだが、親が知り合いであるということから、だいたいであるが経緯は聞いていたのだ。というよりも、あの時はそこに移り住むという決意を決めた彼女を止めるため、そのためにわざわざとその話を持ち出したのではないか、と今なら思える。両親にしても、いきなり都会から離れて一人暮らししようとする我が娘、などというのはあまり歓迎《かんげい》したくない事態であったろうからだ。

「まあ、テレビとかにでてくるような、何ヶ月もほったらかしだったとかではなくて、二日とかそこらで、冬で、暖房《だんぼう》もたまたま切れてて、腐敗《ふはい》とかほとんどしてなかったらしいんだけど」

「へえ……」

実際、住んでてそんなことが気になるような、変な匂《にお》いなどは感じない。リフォームもしただろうし、実際、腐敗がほとんどなかったというのも本当の話なのだろう。

そもそもからして、家で亡くなるということは昨今では珍しいかもしれないが、そんなにまったくないということでもない。

「まあ、三十路女の一人暮らしには贅沢《ぜいたく》過ぎな物件なんだけどさ」

正しくは二十九歳であるが。

店員さんは驚いたようだった。

「三十！　とてもそんな風には見えないですよ」

「そうかな……」

自分が若作りの方なのか、そこらはあまり自信も自覚はない。仮にそうだとしても、それは社会性に欠けてていつまでも子供なのだということかもしれない、とも思う。

というか藤島さんは同年代の人間とほとんど話さないので、二十歳《はたち》そこそこの女の子に「若い」などと言われてしまうと、なんだか皮肉を言われた気さえしてくる。

（そっちこそ、なんだかきらきらしているっていうのに……）

社交辞令、と思うことにした。

「いえ本当、お若いですよ。私、ずっとそんなに変わらない歳の人だって思ってたんです」

「えーと、参考までに、あなは……今、幾つ？」

「二十二歳です」

大学を卒業したばかりなのだ、という。

（ということは）

「学生結婚だったの……？」

若いから、そういう可能性は考えてはいたのだが。

「結婚――――？」

店員さんが思い切り訝《いぶか》る。何を言ってるんだこの人は、という表情をしていた。

「え、だって、いつも指輪を、」

ふと、気づいた。

指輪をしていない。

（え？　確かに、いつも左手の指に――）

「あ、もしかして、これですか？」

店員さんは彼女の視線に気づいたのか、左手を顔の前にして、甲を向けてかざして見せた。

「いつも店でしている指輪は、あれ、ダミーですから」

「ダミー？」

「未婚者で若い女性は、変な客につかれやすいって、先輩《せんぱい》に言われて……気休めみたいなものですけど」

「あ、ああ――」

そういうこともあるのか、と藤島さんはなんだかすごく納得してしまった。

今まで抱いていたぼんやりとしたズレも、既婚者であると思っていたから生じたものであって、独身者だと解るとはっきりとする。

（洗濯物が一人分なのも、帰って食べるご飯のためにお弁当持って帰るのも）

「あ、もしかして私のこと、結婚していると思ってました？　それだったら、偽装《ぎそう》成功ってところですね」

笑って見せた店員さんにどう応えていいものか、藤島さんは少しだけ悩んだが、やがてこちらも少し笑って。

「よかった！　家事を全然しないで奥さん働かせる宿六《やどろく》はいなかったんだ！」

と、国民的に人気な漫画《まんが》の名セリフをもじって言ってみた。

二人はひとしきり笑ってから、もうしばらく話をつづけた。

◆　◆　◆

（すっかり遅くなってしまったけど）

洗濯物も乾き、車にガソリンも入れ、一通りの食糧《しょくりょう》や日用雑貨などを買い足した藤島さんだが、全部終わったころには日が暮れてしまっていた。

元々、遅めに家を出たのだから、ちょっと時間がかかればそうなってしまうのも仕方がないことだ。

コインランドリーでたまたま出会ったコンビニの女店員さんとは、結局一時間ほど話して別れた。

なんだか気が合ったし、あと二時間くらいは話は続けられそうな気がしたが、あちらの方にも都合がある。藤島さんにだって、そんなに長話を続けていられる余裕も、実はない。雑誌掲載の短編の締め切りが一週間後に迫《せま》っていた。進捗状況《しんちょくじょうきょう》からいえば呑気《のんき》に買い出しをして、長話なんてやっていてはいけない。

とはいえ。

(名刺貰《もら》っちゃった)

運転をしつつ、鼻歌なんぞを流しながら左手に持った名刺にちらりと視線をやる。

××マート　香ノ宮《かのみや》　由紀《ゆき》

同業者以外の人間に名刺を貰うだなんて、久しぶりだった。

同業者のにしたって、年末の忘年会にいった時に貰うくらいだから、もう最後に貰ったのは半年近く前になるけれど。

去り際に店員さん——香ノ宮さんが渡してくれたのだ。

今後ともよろしくお願いします、というのは社交辞令以上のものではあるまいが、それでも藤島さんには少し嬉しかった。リアルに接することができる人に飢《う》えていたのかもしれない、と思ったりした。人と会いたくないからこんな田舎にきたというのに、随分と自分は身勝手だな、などとも思ったりもする。

(それも仕方ないか)

もう——二年にもなる。

何もかもを許せるほど遠い過去ではないが、何もかもを許せないままでいられるほど、最近のことでもない。

「そろそろ、決着つけないといけないかな……」

ぼんやりと口にした。

口にしてから、苦笑いする。

何を、どういう風に決着をつけるべきなのか——そんなことさえ、思いつかない。

ただ、何かの区切りをつけたくなったという、そんな自分の変化だけは解っていた。

言葉を扱《あつか》う仕事をしているくせに、ろくに言葉にできないことばかり考えている、というのはなんだか少し滑稽だった。

「あー、やめやめ」

答えの出ない問いかけを自分にするだなんてことは、不健康だし、もっといえば非生産的だ。

考えなければいけないことは他にもあるはずだ。

一週間後に締め切りの迫った原稿のことだとか。

二日前に切った四分の一玉残ったキャベツの始末だとか。

「————あ」

ブレーキは踏まなかった。

思わず、ハンドルを持つ手が動きかけたけど。

「……キャベツ残ってた。どうしよう」

今日買った食料品は、魚ばかりだった。

特に意味はないが、今週は魚週間と適当な気分で決めたのだった。安売りしている切り身パックを見てしまってから、急遽《きゅうきょ》。

「まずったなあ…………野菜の残り……どうしよう」

サラダにするには鮮度《せんど》が足りないし、炒めものにするにも、キャベツ単体でというのはなんだか少し気が進まない。

（うーん……今から肉を買うために戻るっていうのもなあ……この時間だと、『集落』の方の店も閉まっているだろうし……と、なると）

いつもより少し早いが、今日もコンビニによることになるか、と思った。

そういうことになった。

◆　◆　◆

「で、キャベツに何を合わせるかだけど」

炒めものか煮物か、そこらは特にきめてはいない。とりあえずコンビニを歩きながら、何か思いつけばいい、というくらいの考えでいつものコンビニに、いつもより何時間か早い頃合いに顔を出してみたのだ。

いつもはカウンターにいる店員さん、香ノ宮さんはいない。今日は一日オフだ、と言っていたのを今更ながら思いだす。

「まあ、さっきの今で顔を合わせるっていうのも、少し気恥ずかしいし、ね」

ぼやきながら、冷凍食品コーナーなどを眺める。肉類もあることはあるが、これと野菜炒めをして食べる、というのはなんとなく気分ではなかった。コンビニで買う肉がスーパーなどに比べると割高であるということもある。つい数時間前に見たばかりなのだから、どうしても比較してしまう。

（まあそんなことといえば、たいがいのものはスーパーよりコンビニが高いんだけど）

コンビニで買うのはあくまで利便性……近所で、深夜に開いているという以上の理由はないわけで、値段を言いだせば『町』に戻った方がいい。勿論、ガソリン代などを勘案《かんあん》すれば、戻ってまた帰る分で何百円かかかる、気がする。それを思えばコンビニで買うのもコストに大差はない、とは思う。

だけど。

（どっちみち、今週は肉って気分じゃないのよね）

先週が肉の週間だった。

鶏肉《とりにく》だとか豚肉《ぶたにく》だとか、色々と買っていたのを冷凍し、解凍《かいとう》し、煮物炒めものと色々と料理して食べたのだった。

（できるだけ肉を使わずに、野菜をどう処分するか……）

魚類だってキャベツに合わないわけではない、と思う。鮭《さけ》とキャベツとで鉄板で作るチャンチャン焼きというのもある、とは聞く。鉄板はないが、鮭とフライパンはあるし、ネットを見れば家庭用にしたレシピだってみつかるだろう。

しかし。

（鮭は朝に塩焼きして……のつもりだったたし、できるだけそれは避《さ》けたい……）

藤島さんは融通《ゆうずう》がきかない人間ではないが、それをそうして食べたい、という予定を決めたメニューを変更していいとはあまり考えない人間だった。

とはいえ、今はろくな案が思いつかない。

（無難に、味噌汁にでも入れようかな……ちょっと多すぎるけど、煮込めば――）

そこで彼女はふと振り向いて。

それが目に入った。

本格激辛濃厚《げきからのうこう》味噌ラーメン
期間限定商品だとかなんとか値札の横に書かれている。

カップ麺《めん》だった。

「カップ麺……かあ」

藤島さんは、カップ麺に一人暮らしの必需品《ひつじゅひん》――みたいなイメージを持っていたが、実際にそうしてみると意外とカップ麺を食べるという機会がない、ということに気づいている。それは彼女だけの特殊事情かもしれないのだが、二年という一人暮らしの中で、インスタント食品には多くお世話になっているものの、カップ麺というのはほとんど食べていない。まったく、ではないが。

理由は幾つかあるが、第一が味の濃さだった。

単純に年齢のせいと言ってもよかったかもしれない。

ここ数年ですっかり味の濃いものが苦手になってしまったのだ。

もしかしたらそれは、運動不足も関係しているのかもしれないけれど。

「うーん……けど」

『三十！　とてもそんな風には見えないですよ』

といってくれたし。

最近は腹筋も欠かさないし。

それに。

キャベツ。

「うん」

一つ手に取り、そのままレジにもっていく。

「私も、まだ若いしね」

◆　◆　◆

「まず、野菜炒め、と」

四分の一残ったキャベツを、適当に刻む。

その間にフライパンにごま油をひとさじ入れて、火にかけて温める。

「と、先にラーメンだ、ラーメン」

声に出して、野菜を刻むのを中断する。

カップ麺の蓋を開けると、かやくと味噌、スープの素などが別々の袋に入っている。それらを取り出した藤島さんは、数秒ほど思案してから、まとめて入れてポットのお湯を注ぐ。後入れだとかの指示などはガン無視だった。

「そしてキッチンタイマー、と」

三分間。

フライパンはあたたまりつつあった。

「よーし」

急いで、しかし慌てずキャベツを刻む。二年間の一人暮らし生活は伊達《だて》ではない、と言いたいところだが、そんなに彼女は器用ではない。ざくざくと手馴《てな》れてはいるが、さほどの速度は出さずにキャベツを刻む。元々たいした量があったわけではない。十数秒でそちらの仕事は終わった。

「そしてフライパンにキャベツ投入、と」

じゅー、とおなじみの音がでる。

テフロン加工のフライパンを傷つけないように、竹製の炒めもの用のヘラで丁寧《ていねい》にかき混ぜる。

「味付けは……味付けは……どうしようかな。どうしようかな。うーん……今回はなし、でいいか」

いつもの野菜炒めならここでコンソメスープの素なり入れるのだが、今回はなし。

「あ、でも塩胡椒《こしょう》したら汁気《しるけ》がでて、ちょうどいいかも……いや、これ以上塩気が増えると……やっぱりなし」

重ねて、今回は入れないことに決めた。

「キャベツに脂《あぶら》が染みて、しんなりするくらいまで炒めて――と、二分ちょいで充分か。三分はかかりすぎよね。もうちょっと余裕見積もっててもよかったのかも」

そうひとりごちながら、ほどなく火を消した。

別に炒めた直後でなくても構わないのだから、とりあえず火が通ればよい。

それからコップをテーブルに置き、買ってきたペットボトルの烏龍茶《ウーロンちゃ》を注いだ。

（そろそろかな）

と思った直後に、ポットのキッチンタイマーが鳴った。この機能には色々と重宝させてもらっているのだが、いわゆるチャルメラのメロディなのは未《いま》だに慣れない。恐らく、カップ麵のために使うものと想定されてつけられたのだろうけど。

「と、蓋を開けて――」

フライパンを取り、ヘラで中の野菜を入れた。

そして割《わ》り箸《ばし》で野菜とスープとをかき混ぜる。


「野菜炒め入りカップ麺の完成！」


相変わらず料理とも言えない単純な代物《しろもの》であるが、藤島さんは満足気にキャベツを箸でつまみとり、口に運び、その後で麺をすすった。

「うんうん、思ってたとおり、キャベツにこの濃い味が合うわ」

スープは盛り込んだ野菜のせいで器ギリギリ、ふちまで達していた。それゆえに最初は慎重に、しかしほどなく大胆《だいたん》に箸を運び、麺をつまみ、キャベツを食らう。

「やっぱりね、野菜凄《すご》いわ。味をほどよく調整してくれて、それでいて繊維質《せんいしつ》だし味付けにもなるし。濃い味のだと、そのまま野菜の味付けにもなるし……」

藤島さんはそんなことを言いながらカップ麺をすすり続け、汁まで飲み干そうとカップを傾けかけ、しかし途中で止めてテーブルに置いた。

（………やっぱり私、若くないわ）

それは、声には出さなかった。

野菜炒め入り味噌ラーメンのレシピ

◆材料
味噌味のカップ麺
野菜類（キャベツ、人参、きのこ等）

◆作り方
野菜を適当な大きさに切って、火の通りにくい材料から順に炒める。
味付けは塩胡椒などを振っておくと水気が出て、しんなりしやすい。
ただし、味の濃いカップ麺に入れるので、味付けは各自で調整すること。
後はカップ麺を作り、炒めた野菜を投入すればできあがり。
※カップ麺の種類は味噌味ならなんでもいいです。

◆ワンポイント

野菜炒めをカップ麵に入れるだけのものです。

野菜の種類、量などはカップ麵から溢《あふ》れないように注意してください。

油は、本作ではごま油を使用していますが、味噌味に合わせるのならバターなどもよいかもしれません。

四食め　レトルトパックの親子丼とトマトで西紅柿炒蛋

「——ここが、藤島さんのお家なんですか」

軽トラのお爺《じい》さんと話していた藤島さんは、そう声をかけられて顔を向ける。

スクーターに乗った香ノ宮さんが、いた。

「うん」

そう答えてから、お爺さんに向き直った彼女は、「それではいつもどおりにお願いします」と言った。

お爺さんも頷《うなず》いて「それじゃあ」と軽トラに乗って出て行った。

「おじゃましちゃいました？」

「いや、ちょうど長話してたところだったから……まあちょうどよかったかな」

「ですか」

香ノ宮さんは藤島さんの言葉にそれだけ答えて、スクーターから降りてエンジンを切る。そしてヘルメットをとって「あそこ」と指さした。

それはこの家から『集落』へと続く県道と、この土地を横断する国道の交差する交差点だった。

「私、あちらの村に住んでいるんですけど、そこで曲がって店に行く途中で、藤島さんが立って話しているのが見えて」

「ああ、それで来ちゃった、と」

「――ご迷惑でした？」

「そんなことないから」

ちょっと驚いたけど。

藤島さんは笑った。

ここに移り住んでから、突然の闖入者《ちんにゅうしゃ》というのはほとんどない。東京に住んでいた時でも、そう頻繁《ひんぱん》に起きることではなかったが、例えば近所をとおりがかった人間がふっと顔を出す、というようなことは年に五、六回くらいはあった。しかし、さすがにこんな田舎では、彼女の知人がたまたま通りかかるということはまずない。

大歓迎、ということもないが、先日名刺をもらったばかりの相手とこうして話すというのは、悪くない。

「というより、今日はシフト違うの？」

香ノ宮さんと顔を合わせるのはいつもは深夜の、日付が変わって以降の時間帯なのだから、こんな——まだ昼過ぎという頃に出るというのは、つまり。

「はい」

と頷き、「いつもは夕方の……六時くらいに行くんです」と答えた。

なるほど。

その時間帯だと、藤島さんはだいたい寝入っている頃合いだ。

「一応正社員なんですけど、研修期間とそんなに変わらないっていうか……コンビニ業界ってブラックですね」

「今はどこもそんな感じなのかもね」

そう答えた藤島さんであるが、十代で作家になり、高卒、大卒してすぐ就職した会社はあっという間に倒産。後はバイト経験くらいしかない。バイトばかり随分とした、というべきかもしれないけれど、以降正規雇用《こよう》には一度もついたことがなかった。出版以外の他業種の状況なんてのは、大学時代の友人からちょこちょこと聞く程度にしか知らなかった。今はその頃の友人たちともほぼ断絶しているわけで、彼女に解るのは出版関係とその周辺だけ——そして、その辺りはろくなものではない。

香ノ宮さんは「んー」と唸るように声を出してから。

「最近は景気少し戻ってきて、バイトを確保するのが大変ってこともあるんですけどね。ここらだと余計に」

「景気、戻ってるっていうの……本当なんだ」

正直、本の売上はどんどん落ちてきている。発行部数もじわじわと下がっている。世の中、景気回復しているという話を聞かされても、そうにわかには信じられない

「そういうわけで、今日はいつも藤島さんが来る時間帯だと私帰っちゃってますので」

「あ、はい。了解了解」

藤島さんだった。

遅くとも八時には帰宅することになるらしい。

その時間帯までに彼女がコンビニにいく用事があるかどうかは、微妙《びみょう》だ。仕事はせっついている。締め切りはまだ余裕があるが、それでも油断はできない。今日は夕方から寝ないで、仕事に専念するつもりだったから、ちょうどいいといえば、そうかもしれない。

香ノ宮さんはそれから少し迷うように逡巡《しゅんじゅん》してから。

「あの……帰りに、こちらに寄っても、いいですか？」

「うん？――ああ、はい。いいよ。私は在宅で仕事しているから、好きにテレビ見ていいから」

「……すいません」

香ノ宮さんの住んでいる『集落』のアパートは、会社が用意してくれたもので家賃は何割かもってくれている。近年建てられたので内装も綺麗だ。

ただ、ひとつ問題点があって、そこに入るテレビのチャンネルが凄く限られているのだった。それは部屋だけの都合ではなくて、『集落』全体の問題ではあるのだけど。

帰ってから特に趣味《しゅみ》のない香ノ宮さんは、そのせいでオフは暇を持て余してしまう――という話は、先日にコインランドリーで聞いていた。

その時に、

『なら、時間空いたらうちきてもいいよ』

などと口走ってしまったのは藤島さんの方だったわけで。

引っ越しの前にテレビ事情を聞いていた(例によって引っ越しさせたくない父の差し金的なものだった)彼女は、テレビを見れるように工夫をこらしていた。彼女自身はそんなに頻繁にテレビを見る方ではないが、ネットだけで時間を潰《つぶ》す気はなかった。

初期投資は少し高くついたが、こんな田舎でも東京の実家と同じ程度にテレビを見ることは可能なようにしてある。

仕事の最中はどうせテレビは見ないし、香ノ宮さんがその間に何をしていようとも問題はない。

部屋の掃除はしたばかりだったし。

「本当にすいません……」

香ノ宮さんはしきりに頭を下げるのだが、「いいのいいの」と藤島さんは鷹揚《おうよう》に返すばかりだ。

やがて時間がきたのか、ほどなく香ノ宮さんはヘルメットをかぶり直す。

「あ、それでさっきのお爺さん」

「さっき？　ああ、多田《ただ》のおじいちゃん？　軽トラで野菜もってきてくれた」

「あ、そうなんでしょうか。私と入れ違いに帰った人――藤島さん、こちらに顔見知りはほとんどいないって言ってませんでした？」

言った……ような気はする。

そんな些細なことが気になるのだろうか、と藤島さんは首を少し傾《かし》げたが。

「多田さんはこの近所で野菜の無人販売をしていた人」

「無人販売ですか？　この近所に、そんなのありましたっけ」

「していた、の。今はやめててね。こうして野菜のあまりものとかあったら、定期的にうちにもってきてくれるの」

「へえ？」

そう言ってから、まだ話を聞きたそうにしていた香ノ宮さんだけれど、さすがに時間がもうないのかスクーターに乗って「ではいってきます」と走り去った。

「いってらっしゃい」

と思わずそう返してから、藤島さんは苦笑した。

「こうやって誰かを見送るのは、久しぶりね」

◆◆◆

藤島さんがその無人野菜販売所を見つけたのは、引っ越ししてすぐの頃だ。

あの頃の彼女は、さすがに引きこもってばかりの生活ではなく、新しくやってきた土地がどういう場所なのか、車と自転車でできる範囲をうろうろとしていた。その時に見つけたのが野菜の無人販売所で、都会ではまず見ることがないそれを初めて目撃《もくげき》したときは、随分と興奮してスマホで写真を撮《と》ったりしたものだ。

そしてしばらく野菜を眺めた後で、

「よし、半分買ってこう」

と決めた。

見た感じからしてかなり瑞々《みずみず》しく、形こそ不格好ないわゆるB級品ではあったが、安くてどれも美味しそうだった。野菜の目利きには、少し彼女は自信があった。

全部ではなくて半分なのは、自分以外にも買っていく人間がいるだろう、という配《はい》慮《りょ》からである。

指定された金額を箱に入れて、野菜の半分を自転車の籠《かご》に載せた。

そして引き返して家に戻る。

それがこちらに引っ越ししてから四日目のことで、この時の藤島さんは幸先《さいさき》の良いスタートを切った、とそう思っていた。

それから四日後、同じ無人販売所に行くと、同じような、しかし少し変わった顔ぶれの野菜が並んでいた。

「うん。いい感じ、いい感じ」

特に、キャベツとトマト。前回はなかったこれらがよい。

キャベツはサラダにするにしても煮物、炒めものにするにも最適な素材だし、トマトも同様だ。彼女はこのあたりの野菜の扱いには自信があった。もっというと、他の野菜についてはそれこそネットで見るなどしないとどうしたらいいのかすぐには出てこない。実家生活でたまに母親の手伝いをする程度にしか家事をやってこなかったのだから、それは仕方がないことではある。

「トマトと——ああ、卵も売ってる。だったら、前に食べた中華料理屋のあれを再現してみるのもいいかも……」

そんなことを言いながら、卵もキャベツもトマトも、それ以外の野菜も、きっちりと半分だけ車に乗せ、指定された通りの金額を入れた。

その日の夜のメニューはなんとなく今でも覚えている。

その帰りに農道を歩く老人と、もう一台のパジェロミニと行き違った。

老人がこちらを、一瞬《いっしゅん》、睨《にら》みつけるような目をしたのがぼんやりと気になった。

すぐに忘れたけれど。

そんな日々が二ヶ月ほど続いた。

藤島さんは一度習慣にしてしまうと、だいたい律儀《りちぎ》にそれを繰り返す傾向がある。

そういう神経症じみた行動様式は、作家にとても向いてると言われたことがあった。毎日原稿を書く習慣がついているに越したことはない、という程度のことだけれど。引っ越したばかりのその時は、半《なか》ば意図してそういうパターンを確立させようとしていた部分はあった。原稿を毎日書き上げていくテンションを保つには、日々を規則正しく生活していくこと、ということは経験則として理解していたのだった。

藤島さんが過去を振《ふ》り払《はら》い、ここで生活していくためには、一刻も早く順応する必要があった。

そんなわけで毎週一度のペースで無人野菜販売所に行って、野菜を半分だけ買って帰るという日々は繰り返されたわけなのだけれど。

（なんでかしら……）

最近、自転車で走っていても、あるいは車で移動しても。

通りがかりの近所の人たちが、挨拶を返してくれない。

田舎の生活は、濃い人間関係に翻弄《ほんろう》されることがあるぞ、と同業の田舎住まいの人たちに散々脅《おど》されるように言われていた藤島さんは、道行く人にできるだけ会釈《えしゃく》するようにしていた。

町内会などに参加する機会は特にないけれど、近所付き合いにも積極的ではないけれども、訪ねてきて請《こ》われたのならばできるだけ愛想よく応じることにしていた。

それにも拘《かか》わらず。

どういうわけか、近所の人たちの愛想がどんどん悪くなっているような気が、彼女にはした。

(ただの気のせいかな)

その日も自転車で走っていて、すれ違ったトラクターの老人にあからさまに無視された。気のせいではなく顔を逸《そ》らされた。明らかに嫌《きら》われていた。

藤島さんは困惑《こんわく》した。

気のせいではない。

気のせいではないのだが。

一体何があって自分がここの近辺の人たちを怒らせたのか、それがまったく理解できない。都会からきた女の一人暮らし、ということで奇異《きい》の目で見られるというのは解るが、それでこんな嫌悪《けんお》でもって応じられることになるのだろうか。

(どこかで地雷《じらい》踏んだのかな)

思い返すが、特にそれらしいことの記憶がない。

記憶にないから地雷というものかもしれないけれど。

そんなことを思いながら野菜販売所についた彼女は、キャベツをひと玉、玉ねぎを一袋……と野菜の半分を選《え》り分《わ》けながら、いちいち小銭を箱の中に入れていく。

「さて、と」

「なあ、あんた」

「――――誰ですかッ」

突然、背中に声をかけられた。

振り向いた藤島さんが見たのは、ずっと以前にここですれ違ったお爺さんだった。

多分、そうだ。ぼんやりとだが覚えている。それ以降も遠目に見かけることがあったりしたし。

お爺さんは彼女の問いかけに答える前に、言葉を続ける。

「野菜、全部は買わんのかね」

「えーと」

ここでどう答えたものか、数秒だが藤島さんは迷った。

どういう理由で聞かれたのかも解らなかったし、どういう答えを返せばいいのかも解らない。

かと言って、咄嗟《とっさ》に何かしら気が利いたセリフを口にできるほど、彼女は緊急事《きんきゅう》態に強くはなかった。どうにも想定外の出来事が起きると困る。彼女に限った話ではないのだろうけども、普段《ふだん》から人に会わない仕事をしている作家などという生き物は、対人スキルの発達がおしなべて低いものなのだ。

そうして藤島さんが出した答えはというと。

「一人暮らしですし。あと、全部買っていったら、他にほしい人の手に入らないかなーって……」

当《あ》たり障《さわ》りのない、ただの事実だった。

老人はその答えに満足したのかしなかったのか、なんだかばつが悪そうな、あるいは何か納得したかのような顔をして鷹揚に頷く。

「すまんかったな。変に呼び止めたりして」

「いえいえ」

それで話が終わったのかと判断した彼女は、また野菜に向き直る。

「それでなあ」

と老人は再び声をかけてくる。

「はい？」

藤島さんも振り返るが。

「野菜だが、そちらに配達するというのでどうかね？」

「はい？」

◆◆◆

「ああ、それがあの人だったんですか」

香ノ宮さんはテレビから目を離して藤島さんを見ながら、何か納得したように頷く。

「そう。通橋《かよいばし》の多田さん」

「通橋というと——あれ？　あっちの方に野菜の無人販売所なんてありましたっけ」

「今はもうやってないの」

多田老人は彼女に訪問販売をすると決めた直後に、無人販売所を辞めてしまった。

理由は「あまり買っていく人間がいないから」とのことだった。

「そうだったんですか」

「まあ、本当は違うんだけど」

「え？」

彼女がそのことを知ったのは、ほんの偶然《ぐうぜん》のことからだった。

ふと自動車で出た時に、道端《みちばた》で自転車をパンクさせていた中学生を拾ったのだ。

その中学生が多田老人の孫であったというのは、車に乗せて話している時に知ったのだが、少年は「ああ、濡《ぬ》れ衣被《ぎぬかぶ》せられてた人だ」と随分と直截《ちょくせつ》に藤島さんに言ったのだ。

「濡れ衣？」

「なんかね、野菜泥棒《どろぼう》と思われてたんだって」

無人販売所というシステムについて、彼女は昔からなんとなく不思議に思っていた。相手がきちんとお金を払うということを前提としたもので、勝手に、黙《だま》って持っていったとしても解らないのではないか、ということで、藤島さんはぼんやりと「そこらはちゃんと払うのが日本人なのかも」などと無根拠に考えていた。

そんなわけで、彼女自身は野菜はきちんとお金を払ってその分を買っていたのだが
——

世間には、割とそうでない人もいたらしい。

「どこにでも悪い人っているんですね」

「そ。紛《まぎ》らわしいことに、そういうのがくるのが私が野菜を買う日とかぶってたりし

てたの。本当に、たまたまなんだけど」

それで藤島さんは、野菜泥棒だと勘違いされていたのだ。

道理で周《まわ》りの目が厳しくなっていったはずだ、と思う。

ただでさえ田舎といえば閉鎖《へいさ》環境で、よそ者に対する目は厳しくなるだろうに、野菜泥棒などという濡れ衣を被せられたりしていたとは――警察を呼ばれなかっただけ、マシだったといえるのかもしれない。

少年はそれについては、自分が監視《かんし》カメラを仕掛けたということで真相が判明したと語った。

彼女は気づかなかったのだが、あの無人販売所には監視カメラが仕掛けられていて、リアルタイムではっきりとした画素で見れる状態になっていたのだった。

「それで、私がちゃんと払った分だけきちんと買っていく人間だと解って、野菜泥棒とは別人だってことも証明されてね」

「ああ、もしかしてその多田さん、その時に謝ろうとしていたとか？」

「さあ」

正直、それはないな、と藤島さんは思う。

彼女は無人販売所できちんとお金を払う程度には善人で常識人ではあるが、まったく人に裏表がないとか、全てが善意で動いてると思うほどには純真でもない。

（多分、あの子が言わなければ、私はそういう事情は一切知ることはなかったんだろうね）

かと言って、それをありがたがる気にもならなかった。

人間、知らないで生きていけるのならば、別に知らなくてもいいということはあるのだ、と思う。

少年には「私に言ったということは黙っておくといいよ。知られていると思うと、おじいちゃんたちも気分悪くなるだろうから」とできるだけ怖《こわ》い顔と声で忠告しておいた。

果たして彼がそれをちゃんと聞いて、このことを黙っているのかは解らない。

あんな風に言って、嘘《うそ》をついたり黙っていたままでいるということが許せない、そんな程度に無邪気《むじゃき》な正義感を持った少年を納得させられたものなのか――自信はない。

ただ、少年が言うには「ちゃんとお金払っている人は、おねえちゃんだけだったよ」とのことだった。

もしかしたら、野菜を届けようかと向こうから提案したのは、そういうことだったのかもしれない。

誰も野菜にお金を払わない中で、ただ一人だけ律儀に支払《しはら》っていた自分に、その野菜に価値を認めていた私に、販売所を閉鎖した後にも野菜を食べて欲しくて――

（なんてね。いい方に考えすぎか）

本当のところは、解らない、けど。

「それで、野菜を定期的にもってきてもらってるわけなんだけど」

気を取り直して箱を開けた藤島さんであったが、どうしよう、と呟いた。

「どうしました？」

とテレビに一度向き直ってから、その声に応じて香ノ宮さんは振り返る。

「ねえ香ノ宮さん、トマト好き？」

「トマトは、嫌いではないですね。あんまり食べないですけど」

「ふーん……どうしようかなあ」

「どうしました？」

さすがに立ち上がって、縁側《えんがわ》においてある箱の中身を見て――目を大きく広げた。

箱の中身には、真っ赤に熟《う》れたトマトが十数個入っていた。

「これ、早めに食べないといけないんじゃないかなあ……」

「あー……」

香ノ宮さんも状況を理解して、腕を組む。

「それはちょっと、大変ですよね」

「完熟トマトは嫌いじゃないけども……まあ、そうよね」

どうしてこんなものが入っているのか、と考える。

野菜の中身については、藤島さんはあまり注文をつけない。

わざわざ野菜を持ってきてくれるというだけでもありがたいし、やはり本職の人だけあって、選びぬかれた野菜はこころなしか自分で選んだものよりも美味しいように思えたからだ。毎回、それについては来てくれた時に話しているが――

(ああ、だからか)

自尊心をくすぐられたのか、一番食べごろのトマトを持って来てくれたのだろう。

あるいは、ただ余っただけだとか。

どちらでもありそうな話だし、どちらにしてもありがた迷惑だった。

「香ノ宮さん、トマト好き?」

「普通です」

「普段、どういう食べ方してる？」

「切って、サラダ――くらいしか思いつかないです」

「ふーん……」

藤島さんはトマトを箱から手に取ると、しばし考えてから台所まで行って、冷蔵庫を開けた。

数秒ほど思案して後、冷蔵庫の奥から、レトルト食品の箱を取り出した。三つ。

「なんか卵買い忘れてたみたいだし、これでいいかな」

「それは、なんです……？」

テレビを消して、香ノ宮さんは興味深そうに台所に来ていた。後ろから彼女を覗《のぞ》きこんでいる。

「中華卵丼――これで、トマト料理を作ってみよっか」

◆
◆
◆

「まず、フライパンを火にかけて、ごま油っと」

充分にあったまる前に、トマトを適当に一口サイズにして、と。軽く二個ほどをへたをとってからスパスパと刻んでいく。

「トマトを炒めるんですか？」

「うん」

　香ノ宮さんは驚いたようだった。

「トマトって炒めものにしていいものだったんですか！」

「………香ノ宮さん、あんまり料理しないでしょ」

　トマトを炒めたり煮たりという料理は幾つもあるのだ。そんなことで驚いてたら、イタリアンなどはどうなってしまうのだろうか。

「あれってトマトケチャップとか使ってると思ってました」

「………ナポリタンなら、それでいいかもしれないけど」

　ぼやくように言いながら、まな板の上のトマトをフライパンに落とす。

「ナポリタンは日本の料理で、イタリアにはないわよ」

「あ、それは知ってます」

　なんだか知識が偏《かたよ》ってる子だなあ——と藤島さんは思ったのだが、それは口にせず、竹製のヘラでトマトを転がすように炒めていく。

「トマトを生で食べるっていうのは日本以外ではあんまりしないみたいよ。そもそも、トマトの種類が違うっていうか、日本のトマトは生食用に改良されているっていうけど」

ふむふむ、と香ノ宮さんは何度も大きく頷き、次の言葉を待っているようだった。

彼女は少し考えてから塩胡椒をとって、トマトに振る。

「乾燥させてドライトマトにしたり、煮たりとか炒めたりして、トマトは食材としても優秀《ゆうしゅう》だけど、味付けの調味料としてもかなり使えるのよね。昆布《こんぶ》とかかつお節ほどでもないけど、かなり旨味《うまみ》の強い野菜だから——旨味は、解る？」

「旨味調味料の旨味ですよね」

「そう」

「あれって化学調味料って言ってたくらいだから、何か工場とかでしか作られないものなんだと思ってました」

「…………香ノ宮さん、知識偏ってるって言われない？」

さすがに我慢《がまん》できずにそう言ってしまった藤島さんだったが、香ノ宮さんは困ったように苦笑していた。

「うち、料理とかやらせてくれたことがないんで、もしかしたら……」

（どういう事情なのかな）

それの詳細《しょうさい》を聞いていいものか、藤島さんには判断しかねた。小説家などをしているだけあって、想像力は豊かである。瞬間的に幾つものストーリーを脳内で展開したが、すぐにやめた。

何か家庭の複雑な事情もあるのかもしれないし、全然そういうこともなく、たまたまそういうのをさせない方針をとっているだけの、そんな家庭であるのかもしれないし。考え出せば切りはない。

(どっちみち、付き合いだして日も浅いのにそこまで聞けないか)

藤島さんは「ふーん」と軽く相槌《あいづち》を打ってから、あらかじめ箱から出していた中華卵丼のレトルトパックを摑み、封を切る。

「——とにかく、あちこちで炒めものに煮物にって、トマトはかなり活躍《かつやく》しているわけでね」

「え、もしかしてそれ——」

「そ。もしかして」

中身を炒め中のトマトにかけ、さらにもうひとつ封を切り、注いだ。

「トマトの卵炒め。卵丼の素を使ったけど、普通にかき卵でもいいわよ。味付けはコンソメスープを入れたりして、適当に調整してね」

「これもイタリア料理なんですか!?」

「いえ。中華料理」

「えー!?」

　香ノ宮さんはそれこそ大きな声をあげた。

「トマトって中国にもあるんですか！」

「そりゃ日本にもあるんだから、中国にあったって不思議じゃないでしょ。——西紅《シーホン》柿《シー》って書くんだって。西の方から伝わった、紅い柿……ということなのかな」

　最初に料理法を聞いた時は、藤島さんも面食らったものであるが。

　トマトを炒める、まではいいとして、卵と一緒に炒めるというのがなかなか日本人の発想としてでてこなかった。オムライスとかあるじゃないか、と言われて納得したけれど。トマト味と卵の組み合わせ、確かになくもないと。

「火の通り加減は好みに合わせて」

　そう言いながら、彼女は皿にフライパンの中身をよそっていく。

　あとは佃煮《つくだに》をタッパーにいれたものを冷蔵庫から取り出し、ご飯を用意して——完了、だ。

「はい、召し上がれ」

◆　◆　◆

「あー、これ思ってたのと全然違うー！」

香ノ宮さんはトマトの卵炒めを一口してから、すぐにそう声をあげた。

「グルメ漫画じゃないんだから」

藤島さんは苦笑した。どうにもこの子のリアクションはよすぎる、などと思ってしまった。いつもは一人で食べている時などは、彼女自身からして似たようなことをしているのに、身勝手なものだった。そして自らも食べて「うん」と頷く。

「だいたいどういう味になるか予想通りだったけど、まあいける」

「………藤島さん、これ初めて作ったんですか？」

「中華卵丼を使うのは初めて、ということ」

いつもなら卵と椎茸《しいたけ》やら鶏肉やらを入れたり、あるいはトマトと卵にコンソメスープの素、くらいのシンプルなものなのだが、今日は生卵をたまたま買ってなかったというのと、中華卵丼の素が冷蔵庫に残っていたので使用してみたのだ。

（トマトの旨味と酸味が卵丼の素に加わって、別の食べ物になってる……いつも作っ

てるのよりも甘口な感じだけど、それは卵丼の素の方のせいかな）

予測の範疇《はんちゅう》ではあるけれども、思っていたよりも悪くない、という感じだ。

「まあ、トマトは極論すれば旨味の塊《かたまり》みたいな食材なわけで、だいたい予想通りになったって感じかな」

「へえ……」

「香ノ宮さんが作る時は、普通に卵でもいいと思う」

「え」

「これ、まず失敗しない料理だし。トマトあげるから、また家で試してみればいいよ」

「あー、……うーん」

どうしてか口ごもってしまった香ノ宮さんであるが、意を決していたかのように口を開く。

「トマト、うちにもあるんですよね……」

「あら」

じゃあ、残りどうしようかな、トマト料理とかしてたら、他の野菜を残しちゃうかも、と藤島さんは瞬時《しゅんじ》に考える。

「他のお野菜については……ご実家に送られるっていうのはどうでしょう」

香ノ宮さんの言葉に、彼女は顔を上げた。

「？　トマトはともかく、他のキャベツだとかは東京のご実家に送られたりしたらどうです？　宅急便の立ち寄るところなら『集落』の方にもありますし」

「……言うの忘れてたけど、あの多田さんにはこちらに野菜届けてもらってから、宅急便で私の家に届くように手続きしてもらっているの」

「じゃあ、これどうするんです？」

「どうするも何も……」

どうしたものかなあ、と首を捻る。食べきれないのならば廃棄してしまえばいいのだが、せっかくの完熟トマトなのに、そうしてしまうのは忍《しの》びない。

「あ、じゃあ」

と香ノ宮さんが言った。

「全部一緒に煮込むとかどうです？」

「煮込む？」

「トマトが旨味の塊だっていうのなら、調味料の代わりと割りきって、それで野菜みんな煮込んじゃうとかすれば――」

「それは……」

ありかも、と藤島さんは思った。

「イタリア料理に何かありそうな感じ、ではあるのかな？　ああ、ハヤシライス風に仕上げるというのも……」

「ハヤシライス」

「どうしたの、香ノ宮さん？」

「いえ、その……ハヤシライスってなんです？」

「――――」

――知識の偏った人だなあ、と改めて藤島さんは思った。

レトルトパックの親子丼とトマトで西紅柿炒蛋《シーホンシーチャオダン》のレシピ

◆**材料**

レトルトパックの卵丼

トマト（パック一つにつき一個ほど）

◆**作り方**

トマトを適度な大きさに刻み、フライパンで炒める。

ある程度火が通ったら、レトルトパックの中身をフライパンに入れ、煮詰める。

◆**ワンポイント**

西紅柿炒蛋という中華料理を、中華卵丼のレトルトパックを使用して作る方法です。

この方法ならコンソメスープなどを使わずとも味付けされているので、手間が省けます。

親子丼のレトルトパックでも同じようなものが作れます。

レトルトパックを使用しなくても、トマトに椎茸、人参などを炒めてコンソメスープを入れ、かきたまごを入れれば、お手軽にできる料理です。その場合、火加減はお好み次第で。

五食め　おでんの汁でおじや

『風邪《かぜ》の時に食べるもの？　卵酒とか？』

「ああ、昔の漫画とかにたまに出てくるアレ……廣井さん、実際に食べたことある？」

　モニターの中で彼女の同業者であるところの廣井さんは、小首を傾げて数秒。

『――――ないわね』

「私もない」

『今どきは風邪の時は薬飲んで寝るくらいよね。あとおかゆとかおじやとか』

「うちもそうだった」

　藤島さんはそう言いながら《卵酒　作り方》で検索する。

　定義も曖昧《あいまい》で、作り方も多種あったが、だいたいどういうものかは解った、と思う。

『ふむふむ……酒に溶き卵をいれつつ加熱して、砂糖とか蜂蜜《はちみつ》、と。なるほど、アミノ酸補給と糖分補給とができて、体も温まる……なかなか、合理的というか科学的というか、昔の人も侮《あなど》れないねー』

「ですね」

彼女は廣井さんにそう答えつつも「だけど」と困ったように眉をひそめた。

「アルコールは、まずいかも」

『アルコール入ると、藤島せんせ、すぐ寝ちゃうものね』

「……そんなに弱くないけど、どっちみち、アルコール入ると指が遅くなるし」

『では、卵酒は却下《きやつか》、と』

「ごめん」

『同じ理由で薬もダメ、と。大変ね』

「……自業自得だけど」

そう言ってから、藤島さんは「クシュン」と可愛《かわい》らしい声でくしゃみした。

本来ならば、このまま薬などを飲んで布団《ふとん》にくるまってしまいたいのだが、そういうわけにもいかなかった。

彼女が「なんか熱っぽいかも」と自覚したのはいつだったか、実は判然としない。仕事の最中、少し頭がくらっとしたのは記憶している。それが何時間前だったのか何日前だったのかも忘れてしまったけれど。額に手を当てながら「あー、やばいかも」などと言いつつ、とりあえずキリのいいところまで書いておこう、と原稿を進めた。

それがいけなかったのだと思う。

藤島さんは、気づけば病人の一歩手前という状態にまでなっていた。寝こむほどしんどくもなく、かと言って、このまま仕事を続けるにはだるい、そんな境界線上に立たされていた。座ってるのだけど。

「………料理するのもしんどいし、久々にお弁当とか買ってこようかなあ」

『コンビニ弁当？　それはいいけど、ああいうのって全体に脂っぽいでしょ。そういう状態で食べられるの？』

モニターの中で心配そうに声をかけてくれる廣井さんだが、この人がいるのは東京で、しかもこちらも仕事中だ。どれだけ心配だろうと、できることと言えば声をかけることくらいしかできなくて、それがひどくもどかしいという様子だった。

彼女は苦笑してみせた。

「コンビニ弁当も色々あるから」

そう答えてから、「あ」と言った。

『あ？』

「いや、コンビニ――おでん」

『おでん』

「ちょっとおでん買ってくる」

『あ、ちょっと』

そういうことになった。

◆　◆　◆

「いらっしゃいませー…………藤島さん？」

店に入るなり、香ノ宮さんに心配そうに言われた。

無理もないか、と思う。

藤島さんは大きなマスクをしていたのだ。

「ちょっと……風邪気味で」

「——大丈夫です？」

本来ならば、友人知人だろうとコンビニ店内で話しかけたりするのはよくないはずなのだろうけども、香ノ宮さんはそのあたりのことは今は考えてないようだった。

「大丈夫大丈夫——おでん、ください」

「えーと……はい。何にいたしましょうか？」

さすがに、いつものように応じた。おでんの蓋を開き、お玉を用意して、発泡《はっぽう》スチロールの容器を手に取る。

「えーと……ちくわ、ごぼ天、ソーセージ天……かに玉ってのもあるんだ。巻き卵とか……なんでも煮込んだらおでんになっちゃうのねー……」

どうせなら、トマトとか入れてもいいのに、などと呟く。

「トマト？」

「トマト入れる地方とかあるんだって。どういう味かは解らないけど、前にも言ったけど、あれは旨味の塊みたいなものだから……」

言いながら、自制が効いてないなあと他人《ひと》ごとみたいに思う。店内には自分たち以外はバイトが多分バックヤードでいるくらいだが、こうやって店員さんとおしゃべりを続けるというのはどうにも非常識なような気がする。そういう風にいつもなら思うのだが、どうしてか口が止まらない。もしかしたら、自分は体調が悪いとおしゃべりになるのかもしれない、などと思う。

とりあえず。

「——とりあえずしらたき以外、全種類一個ずつ入れてください」

「しらたきは抜き、なんですか？」

「しらたきは抜き」

「はい、解りました」

香ノ宮さんが一個ずつ入れていくのを見ていて、全部で何円になるのかなとぼんやりと考え、財布の中身を確認する。足りないはずなどはないのだが、念のため、だ。頭がぼおっとしているので、もしかしたら……などとも思ったのだ。

ふと。

『コンビニおでんを、財布の中身を考えずに買えるようになると、ようやく貧乏《びんぼう》生活から抜け出せたって実感できる』

『なにそれ』

……そんなやりとりを、昔した。

風邪なんてひいたのは何年ぶりだろうか。

あまりにも久しぶりで、あまりにも慣れないことだから、どうでもよくて、いつもは考えないようにしていることを思い出してしまったのかもしれない。

（そういえば、私も財布の中身を確認しながらおでん買うとか、高校の時以来ね）

なんだかんだと、高校生には印税というのは小遣《こづか》いには大きすぎる額だった。月に何十万と使うような女子高生もいないではないが、そういう少数派では彼女はなかったから。

　ふと、気づく。

「あ、容器二つに分けて入れといてください」

「あ、はい」

「それぞれ、汁多めに入れて」

「はい」

　思いついたことがあった。

（残ってたご飯は二合くらいだし……）

「……保温しておいとけば……」

「藤島さん？　――大丈夫です？　本当に」

　どうやら、知らずと声に出していたらしい。

　大丈夫じゃないかも、と藤島さんは思った。

◆　◆　◆

「………さて、と」

帰り着くまでは、なんとか体力は持った。まだ余力がある内に出かけてよかった、と藤島さんは思う。店から出た時の香ノ宮さんの心配そうな顔が忘れられない。風邪から回復したら、改めて顔を出そうと思う。

しかし、その前にまずはご飯だ。

「さてさて、ご飯は――出して、と」

ボウルに炊飯器から残ったご飯をしゃもじで出してから、湿《しめ》らせたキッチンペーパーで中身を拭《ふ》く。そして発泡スチロールの容器のおでんを汁を少し残して全部入れた。

「これで、明日の朝ごはんは、よし」

いちから作るのは体調的に面倒だが、惣菜《そうざい》を買うのも、弁当を買うのも、どれも彼女の性《しょう》には合わない。となると、おでんというチョイスは彼女の中ではベストだった。保温にしとけば、明日の朝くらいまではもつ。

「食欲もないし、と」

ボウルの中のご飯を、さらに半分だけ手鍋《てなべ》を取り出して入れ、火にかける。そしておでんの汁の残りを入れた。

「おでん汁のおじや……これ作るのも久しぶりだよね」

以前は、たまに作っていた。

バイト帰りにコンビニに立ち寄って、帰ってから残ってたご飯におでん汁を入れておじやにして、食べる。

「初めて作った時は、卵入れて文句言われたっけ……」

――これだと、おでんじゃないのと変わらない味になる

藤島さんの手が止まった。

熱があるとやっぱりダメだ。

思い出したくないことばかり思い出す。

「……温泉卵とか別に買っとけばよかったかな。トッピングみたいにして……いや、ゆでたまごがあるから、それつければいいか……」

わざと、言葉にする。

そうしていないと、次々に記憶が連鎖《れんさ》していきそうな気がしたからだ。余計なことは考えたくなんかなかった。

「ネギがあれば、ネギを入れるけど……ネギは、ないか」

ない、ない、ない……無理矢理に声を出す。

加熱した手鍋を、しゃもじでゆっくりかき混ぜる。

強火にしてもいいが、こういうのは経験上、弱火でとろとろと時間をかけた方が味がしみる、ような気がする。


——アキは本当に、手抜きばかりしたがるんだから

「うるさい、ナギ」

呟きがもれていた。

そのことに自分で気づいてるのかいないのか、彼女は一心にかき混ぜ続ける。

「……少しお焦《こ》げを作った方がいい、かも……いや、いいか。面倒くさいし」

言ってから、火を止める。

お盆《ぼん》を出した藤島さんは、中華丼を出してそれに載せ、おじやをよそう。大きな器というのが他にないわけでもないが、それが一番手に取りやすいところにあったので、そうした。

「そして、おじや……烏龍茶のペットボトル……そしておでんの卵を、載せて」

できあがり。

それから「よし」と気合を入れて仕事部屋に持ち込む。

ネット電話はまだ切れていなかった。

基本無料で、大してPCの挙動にも影響《えいきょう》しないので、作家同士の通話ではよくそういうことをする。

それに、席を立ってからまだ一時間程度である。

一日の大半を原稿を書くか資料を読むかしている作家稼業《かぎょう》では、たいした時間ではない。

「おまたせしました!」

と声をかけると、廣井さんは『おかえり!』と返事をする。

『お。なるほど。そのゆでたまごはコンビニおでんで、おじゃと一緒に食べるってわけなんだ』

「このおじゃもおでんの汁で作ったんだぜい」

『ほうほう。そういう手もあるのか! 私も今度やってみよう』

「まあ、おじゃなんか醤油と出汁《だし》の素《もと》があれば別になんでもいいけどね!」

『ははは。そうだけど、たまにはそういうちょっとした工夫で変わったものを食べるってのの、悪くないと思うよ』

彼女はそれを聞いて、曖昧に笑った。

これは別に自分のオリジナルの工夫というわけではないし、それによく食べ慣れたものだったからだ。

ふー、ふー、とレンゲですくったおじやに息を吐きかけてから、一口含む。熱い。

「…………うーん……もうちょっと塩味を足すとかした方がよかったかなあ」

『おでんの出汁の問題もあるかもだけど、それ普通に舌が風邪でダメになってんじゃないの？』

「……かも」

『いや、マジで薬飲んで休んだ方がよくね？』

確かにそうかもしれない、と藤島さんは思う。

味覚がおかしくなるというのは、風邪を引いたにしてもかなり重度になった時以外はあまり経験がないことだ。

そんなに体調は言うほど悪くないと思っていたのだが、自分で考えている以上にダメになっているのだろう。

だけど。

「…………あと五ページくらい進めとかないと」

今日の分のノルマを消化しておかないと、後々きつくなる。

藤島さんがそうぼやくように答えると、『それはすでに判断力落ちてるような……』

と廣井さんは言った。

かもしれない。

かもしれない、のだが。

それより今は原稿だ。

仕事だ。

仕事をしていないと。

仕事をしていないと、バカなことを考えてしまいそうになる。

バカで嫌《いや》で思い出したくないことばかり思い出してしまう。

……バカで嫌で、本当に、絶対に思い出したくないことを。

『藤島センセ？』

原稿が三ページほど進んだあたりで、そんな声が聞こえた、気がした。

◆◆◆

藤島さんはこれまでの人生の大半、実家生活をしていた。料理なんてものはほとんどしたことがなかったし、覚える機会もなかった。覚えるという意志もなかった。

彼女にとって、食事というのはテーブルにつけばあらかじめ並んでいるものか、注文してテーブルに並べてもらうものだった。

勿論、学生生活で調理実習などは人並みにこなしていたが、それだってそうそう月に何度もあるものでもない。それに、そういう実習で藤島さんは「とりあえず料理はレシピをそのまま再現したら問題がないもの」ということを学習した。自分で工夫するなどという必要性を感じない。いざという時、自分が作ることがあるのならば、それはネットか何かでレシピを拾い上げ、それをそのまま使えばいいと。

それはまったくその通りで、「料理は覚えないの？」と母に聞かれた時にそう答えると納得してくれた。

思えば、彼女の母親だって料理はそれほど好きでも得意でもなかった。

確か以前に聞いた話では、母の実家はそれなりに裕福《ゆうふく》で、結婚するまでろくに料理などしたことがなかった、というようなことを言っていた。真相は解らない。母方の祖父母は藤島さんが物心ついた頃には亡くなっていたからだ。

裕福なら裕福で舌が肥えていてもよさそうなものだけど、彼女の母は食生活についてはそれほどこだわりはなかったらしい。『散々、反対されて結婚したからね。多少貧乏生活でも我慢しないといけない、と思っていたのよ』

とのことである。

どうも激しい恋愛《れんあい》の末の半ば駆《か》け落《お》ちのようなものだったらしい。

幸いにも、というべきか、父は母に経済的に苦労を味合わせるようなことはなかっ

たようだが、母は母で、なるべく贅沢などしないでおこうと、食費などはなるべく切り詰め、衣服なども必要最低限のものしか購入しなかった。昔風にいうと「内助の功」というやつかもしれない、などと思う。

『そんな大げさなものじゃありませんよ』

それに、本当に生活に貢献《こうけん》したければパートなどに出て共稼《ともかせ》ぎなどをすればよかったのだ、とも母は語った。

それをしなかったのは、結局自分がお嬢《じょう》様だったからだろう、とのことだった。

父は母に苦労をかけたくなかったので外に仕事に出さない、俺《おれ》が許さなかっただけだ、と言い添えたものであるけれど。

夫婦仲の良さを見せつけられ、その時は随分と辟易《へきえき》したものだが。

ともあれそんな風な両親に育てられてた藤島さんだから、料理などにはそれほど興味は抱かなかった。勿論、美味しいものが欲しくない、ということではない。

しかし、人生には何度か転機が訪れるもので、そんな彼女にも料理をすることの楽しみを覚える機会がやってきた。

『ほんのちょっとの工夫でいいんだって』

それが既成品《きせいひん》でも、大量生産だろうと。

ほんのちょっと手を加えるだけで、それまでと変わったものになる。

『そういうほんのちょっとがあるとないとで、全然違うから』

……そう言って作ってくれたものが、藤島さんもたまにする、缶詰を温めたものであったというのはどうかと思うのだけど。

ご飯に紅しょうがと一緒にかけて出されて、どうしてくれようかと思ったものだが。

『缶詰のものをそのまま食べるより、お皿に盛り付けるだけでも少しは気分が変わるもんだって。そういうほんのちょっと、ほんのちょっとずつの工夫が、料理をするということの第一歩』

『もっともらしいことというね』

『いやいや、考えてみろって。この日本で手に入る食材は、何かの手が入ってるのが普通なんだよ。生の野菜にしたって、品種改良が重ねられて今と昔とでは全然別物になってるよ』

『そうだけど……』

『あらかじめ人の手が入ってるのは、惣菜や缶詰にしても同じだろ？』

『うわあ。それ詭弁《きべん》って言わない？』

ナギは苦笑した。

そして。


「――――藤島さん？」

◆ ◆ ◆

「……香ノ宮さん……？」

「ああ、起きましたか」

気がつけば、彼女は部屋の中で横になっていた。布団の中にいる。

障子戸を開けて入ってきた香ノ宮さんが、マグカップを載せたトレイを枕元に置く。

「…………えーと、もしかして、私、香ノ宮さんにお世話になった？」

「覚えてないんですか」

藤島さんの質問に、しかし別にショックを受けるでもなく、香ノ宮さんはそう答え、ちょこんと布団の横に座った。

「うん」

「あれから心配になって、こっちに寄ったんですよ」

「そしたら、誰か助けてあげてーって声が聞こえて」

「声？」

「パソコンから」

「…………ああ、そういう……」

そんなに大きな声が聞こえる仕様にはしていなかったと思うのだが、ここから玄関にまで届くほどの声を廣井さんが出すとは――

（随分と心配かけちゃったみたいね……）

香ノ宮さんは言葉を続けた。

「それで玄関に手をかけて引いたんですけど」

「うん？」

「なんか、鍵《かぎ》かかってませんでしたよ？」

「えー……」

それは不注意だった。

こんな田舎では泥棒さえもまず出てこないが、それにしたって、女の一人暮らしで戸締《とじ》まりを忘れるというのは、とても信じがたい不用心だ。

（どうやって入ったのかって思ってたけど、そういうことだったんだ……）

熱が出て、注意力が散漫《さんまん》になっていたらしい。

「それで、何が起きてるか解らないけど、とにかく慌てて入ったら――藤島さんが倒れていて、ネット電話の中の人が騒《さわ》いでたんですよ」

「……………ごめんなさい」

頭を下げてから、のっそりとモニターを覗きこむ。

ネット電話の通信は切れていた。時間を見ると、最後の記憶から三時間が経過している。

インスタントメッセージが入っていた。

『あとで連絡、必ずいれること』

「……………あー……」

これはまた、迷惑をかけてしまった。

香ノ宮さんが言うには、突然モニターの向こう側に現れた見知らぬ人間である自分を、廣井さんは随分と驚き、怪《あや》しんだという。すわ強盗《ごうとう》か、と携帯《けいたい》電話を取り出して通報しようとまでしたらしい。

それで信頼を得るために香ノ宮さんがしたことと言えば、財布の中からとりだした名刺を丁寧に差し出したのだそうだ。

『これに書かれた携帯電話にかけてください！』

廣井さんが訝りながらもその番号にかけると、香ノ宮さんの携帯が鳴って、モニター越しに会話できる状態でありながら電話で話し合うという、どこか珍妙《ちんみょう》な光景を繰り広げることになってしまったのだという。

とりあえずは自分の身分を証明できた香ノ宮さんは、藤島さんとの関係などを説明して、どうしてここにいるのかなどの経緯をできるだけ詳細に、手早く話した。

廣井さんは香ノ宮さんのことを信用し、こちらのことを任せることにした。

そうしてあれこれと布団を敷いたり着替《きが》えさせたり薬を飲ませたり……で、今に至るのだった。

（ああ、薬飲んだから、熱が下がってるんだ。だけど……」

「どうやって飲ませたの？」

「口移しです」

「――――え」

「というのは嘘で、自分で飲んだんですよ」

「…………え？」

話を聞くと、どうやら彼女は意識がまったくなくなっていたわけではないらしい。

布団の準備などをしている香ノ宮さんに、起き上がって何やら色々と話しかけた。その内容がどうにもかなり支離滅裂《しりめつれつ》とまではいかずとも、随分と意味が解らないことだったので、熱と、あと寝ぼけているのだと判断された。

「それで薬を渡すと、素直に飲んでくれたんですけどね。やっぱり、あの時のことは覚えてなかったんですか」

「…………すみません」

ほんとうにもう、面目次第もない。

（まずメッセージで無事って入れて、それから……原稿は、ノルマ分はできてる、から……あとでそれがおかしなこと書いてないかチェックいれて……）

頭のなかで今日するべきことの算段を立てている藤島さんであるが、ふと香ノ宮さんがマグカップの載ったトレイを差し出していた。

「まだ病み上がりです。これ飲んで、ゆっくり休んでいてください」

「……ありがとう。これは？」

「生姜湯です」

「生姜湯？」

「──知らないんですか？」

「知らない、わけじゃないけど……」

手にとって口元に寄せると、確かに生姜と、別に甘い匂いがした。唇《くちびる》をつけて一飲みすると、生姜の味と甘さが口の中に広がった。

「これ、どこから買ってきたの？」

うちには今、生姜なんかなかったはずだ。

「チューブ入りのおろし生姜ですよ」

「……え？」

「あれにハチミツを垂らして、お湯で割ったんです。藤島さん、風邪引いてるみたいだったから、生姜湯とか作ってあげようと思ってうちの店で買ってきたんです」

「…………ありがとう。美味しい……」

インスタントにもほどがある作り方にも関わらず、その生姜湯はとても体があったまり、甘味は染み入るようだった。

香ノ宮さんはそんな藤島さんの様子を眺めていたが、「私は少し、家に帰って休ませていただきます」と立ち上がった。

「あ、寝るんだったら、居間にでも、布団だすから」

「ありがとうございます。けど、ちょっと用事がありますので。――また来ます」

「……ごめんなさい。迷惑かけちゃったね」

「いいえ。――ところで、小説家だったんですね」

それは。

在宅の仕事だとしか、香ノ宮さんには言ってなかったのだが。

「廣井先生が教えて下さいましたよ。藤島先生の本、確か持ってたと思いますので」

――あとでサインくださいね

そう言い残した香ノ宮さんの言葉を、藤島さんは呆然と聞いていた。

おでん汁のおじやのレシピ

◆**材料**
おでん
ご飯

◆**作り方**
コンビニで買ったおでんの汁でご飯を煮る。

◆**ワンポイント**
おでんの出汁が効いていて、複雑な味わいのおじやができます。卵を入れるとそれに味が塗《ぬ》りつぶされて、おでんの意味がなくなりますが、できあがったおじやの上に温泉卵などを入れるなどするといいでしょう。

チューブ入りおろし生姜とハチミツの生姜湯のレシピ

◆材料

おろし生姜

ハチミツ

◆作り方

おろし生姜とハチミツを同じカップに入れて湯を注ぎ、かき混ぜる。

◆ワンポイント

簡単に作れる生姜湯です。

六食め　チキンカツ丼

「風邪も全快したことだし、あぶらものとか食べたいわけなんだけど」

「……思ったより長引きましたものね」

コンビニのレジの前で、藤島さんは香ノ宮さんとそんな会話をする。

店内には二人以外にはいないのだが、声を潜《ひそ》めていた。

やはり顔見知りで、実際に家にまであげる仲であるとはいえ、客と店員が無闇《むやみ》と親しく振る舞うというのはあまりよろしくない……というのは、なぜか店の側からは特に言われてはいないらしい。

（そういうけじめはつけるものかと思ってたけど）

どういう理由かは解らないのだが、大目に見てもらっているらしい。

しかし仮にそうであっても、彼女は大人であるわけで、そこらはやはり気を使っているのだ。

「久々に揚《あ》げ物《もの》とかいっぱい食べたいの。だから……」

「あ、今日は私、あと一時間したらあがりなんです」

香ノ宮さんは、そう言葉を遮《さえぎ》る。

「あと一時間くらい、藤島さん、店内で待っていていただけません？」

そういうことになった。

◆◆◆

（ということになった、と言ってもね）

藤島さんは、とりあえず雑誌コーナーに行く。

コンビニは色々と商品があって、それを眺めているだけでも面白い――のだが、時間潰しにそれをするには、あまり向いてるとも思えなかった。

（だいたい、今日食べるものは決めているもの）

だから、あまり店内をうろうろとするメリットというのも感じられなかった。

となると、必然とやることは決まっているのだった。

（田舎のコンビニって、雑誌立ち読みとかできるのがありがたいのよね）
東京のコンビニも、場所によってはできるのだろうけども、雑誌を立ち読みすると
いうのはご遠慮《えんりょ》してくださいと言われる場所の方が彼女の体感としては多い。
「……さて、週刊漫画読むだけでも、一時間くらいはどうにかなる、かな」
そう呟き、売り場に並ぶ雑誌を眺める。
藤島さんは小説家であるが、漫画だって普通に読む。
むしろ中学生の頃は漫画家になりたくて、色々な漫画の模写などをしていた。
小説も同時並行に書いていたが、それはよくあることでもあった。子供の頃は特に
何も考えず、自分の可能性を信じることができた。いや、信じるということすら思っ
てもいなかった。ただ、やりたいからやっていた。漫画家になりたいとかも、「そう
なれたらいいな」という漠然《ばくぜん》な妄想《もうそう》でしかなくて、それでいてなお、一日の多くの時
間をそれに費やせるだけのエネルギーがあった。
（今でも、たまに落書きくらいはするけど……）
二十九歳の、三十路手前ともなると、もうあの頃みたいにはできない、と思う。
「それに……」
日本で現在、最も売れている少年漫画を手に取る。

(……もう、何が連載《れんさい》しているかわかんないし)

一時期は、雑誌早売りの書店に毎週行っていたというのに。

なんというか、自分も変わっていくのだなあとつくづく実感する。

さすがに、一番売れていて有名な作品のことは知っていた。単行本も全巻買っている。しかし今の藤島さんはいわゆる「単行本派」であって、雑誌の方ではあまり読んでない。雑誌は買い続けると、凄い量になる。東京に住んでいた時は雑誌も買っていて何ヶ月かでゴミに出していた。こちらに住むとそれも億劫《おっくう》になってしまい、今は雑誌は買わなくなってしまっていた。

置く場所については、今は三、四年は困らない程度にあるというのに。

(今は何やってんだか)

ぱらぱらとめくって見るが、なんだかよく解らなかった。

前後に何があったのかが解らないと、意味が通じない。

「うーん……」

唸りながら、他の連載を見る。

他の作品も、連載途中だと何がなんだか。

(いやまあ、連載途中でもなんだか面白いというのはあるけどさ)

そこらは漫画としての凄さ、ということだろうか。

藤島さんはなんとか連載途中でも話が解るもの、読み切り、新連載などをぱらぱらとめくって拾いあげて読んでいく。

思ったよりも、楽しくない作業だった。

とりあえず、週刊少年漫画で日本最長寿《さいちょうじゅ》の作品は一話読み切りで、見慣れていた展開で色んな意味で安心できた。彼女はそればかり三回ほど読み返したが、さすがに飽きて棚に戻し、別の雑誌を手に取る。

次の雑誌もぱらぱらとめくって内容を確認するが、大半は知らない作品だった。少年漫画をそんなに読んでるわけではないので、仕方がない。

(さすがにこの辺のコンビニでは、少女漫画はないか)

東京では見かけなくもなかったけれど。

それに、仮にあったとしても藤島さんはそもそもあまり少女漫画は読まない。高校生くらいまではよく読んでいたのだが、最近はさすがに話題作をたまに単行本で買う程度だった。

「あと、あるのは青年誌……に、四コマか」

どちらにしても、あんまり読んでいない分野だ。

これを機会に開拓《かいたく》でも——などと思って適当に手にとってめくるのだが、青年誌はどうにも暴力的なものかエロスに特化したかのように見えるし、四コマ漫画は何がどう面白いのかというのがよく解らない。

普段からそのあたりの分野に不慣れな人間にしてみたら、そのように見えるものなのだろう。

それでも幾つも見ていると、目にとまるものがある。

意外にも、昔はほとんど見ることがなかったお涙頂戴《なみだちょうだい》の料理漫画などであった。

(……こういうのが普通に面白く感じるようになるってのは、私も歳くったってことかな……)

その割には、四コマ漫画はそんなに面白く感じないのだけど。

ものによるのかもしれない。絵柄《えがら》だとか。

藤島さんは、気づいたらほとんどの漫画雑誌を手にとってしまっていた。

(うーん……やっぱり、専門の書店でも都会のコンビニでもないと、田舎の店だと品《しな》揃《ぞろ》えは限られてしまうよね)

他にもファッション雑貨などの類《たぐい》のものもあるが、彼女はあまり興味はない。

小説家として、興味の幅は広げておきたいのだが。

「これを機会に開拓でも――って、さっきも言ったか」

ひとりごちてから、何冊かぱらぱらとめくり、適当に買い物カゴに入れる。

「今書いてる話は昭和だから、別にこんなのいらないんだけど、ね……」

次回作とか今は考えてないのだが、もしかしたら、こういうものがヒントになることもあるかもしれない。

ぼんやりとそんなことを考える。

「あとは――」

文庫とか単行本のコーナーがある。

さすがに田舎のコンビニ、と失礼なので声には出さずに思う。

どれもシュリンクなどはされていない。

藤島さんは、コンビニによってはどこの地方でも文庫も単行本も読めないようにシュリンクされていることを知らないのだった。

それはこのあたりにあるコンビニの種類が限られているということでもある。

「……でも正直、読みたい本とか買いたいものもないかー」

ざっと見て、あまり彼女の嗜好《しこう》に合致《がっち》しているとは言《い》い難《がた》い。

それでも目を皿のようにして上から下まで眺めていき、何冊かの文庫本を取り出し、籠に放り込む。

雑学系というか薀蓄《うんちく》系の本だった。

すぐに役立つというものではないが、職業柄《がら》、何かしら知識はある方がいい。蓄《たくわ》えるだけ蓄えて、結局今までなんの役にもたっていない知識などは腐《くさ》るほどあるのだけれど。

「まあ、どうせこの知識が正しいかどうか、またネットとかであれこれと調べたりしないといけないいんだけど……」

声はぼやくようだった。

ネットで調べた、というとちょっと昔ならばあまり信用できない響《ひび》きもあったものだが、近年ではそれこそ一線級の学者などもSNSに参加などしているせいか、かなり正確で専門的な知見を検索して調べることが可能になった。

勿論、全部が全部に都合がよい人がいるわけではないので、日々の勉強が欠かせないのには違いない。

とりあえずこの手の本は、とっかかり程度のものと割り切って読むことにしている。

「漫画は……特に欲しいものもない、か。それに日焼けで色が変わってるし……」

コンビニ本はこれだから、と思う。

田舎のせいなのかコンビニならどこもそうなのか、漫画の単行本の小口が焼けて色が変わっているなどというのはよく見る。

しかもそれに段差がついているのだ。

見た目にみっともない。

藤島さんは蔵書の状態に格別にこだわる方ではないのだけれど、それでも買うのならばなるべくきれいな方がいい。

（とかやってるうちに、もうだいたい一時間近い、か……）

うん、とレジに歩いて行く。

「あ、領収書ください」

自営業は、こういうところでも領収書をもらうのを欠かせないのだった。

そして本代とは別に、レジの真ん中に並べてある揚げ物のコーナーを見た。

「それで……うーん、今日は、この揚げ物、全部一種類ずつ、ください」

「……カロリー凄いですよ？」

香ノ宮さんが、遠慮しながらだがはっきりと言う。忠告だった。こんな深夜にこんなに食べるだなんて正気とは思えない、という表情をしていた。

「大丈夫。というか、私、今回の風邪で二キロ減ったもの」

「――それは、」

「あと、うちにくるんでしょ？　一緒に食べよ」

「はい」

そういうわけで、そういうことになった。

◆　◆　◆

「――と言っても、ご飯のおかずとして、だけどね」

「……別にそれは不思議でもなんでもないんですけど、コンビニの揚げ物ってご飯のおかずにするってイメージありませんよね」

香ノ宮さんはそう言いながら、テーブルに並んだ揚げ物たちを見る。

ちくわ天、鶏唐《とりから》、チキンカツ……なかなかにカロリーが高そうな代物だ。これを一度に食べるというのだから、それは狂気《きょうき》の沙汰《さた》だ、とでも言いたげだ。

藤島さんは「せっかくの病《や》み上《あ》がりなんだから」と胡乱《うろん》な日本語を口にした。

「せっかく？」

「こういう時は、体に悪いもの食べちゃおう」

「病み上がりだったら、健康に気を使った方がいいと思うんですけど」

「いやいやいや、よく考えてみて。病み上がりで体力低下している時だからこそ、カロリーいっぱいの揚げ物とか炭水化物とか多少多めにとっても、そんなに問題ないって寸法よ」

「……内臓弱ってたら、吐きますよ」

もっともなツッコミだった。

藤島さんは腕を組み、頷く。

「まあ……それもごもっともな話だから、野菜もいっぱい摂《と》りましょうか」

「当然ですね。けど野菜も摂ったからって、胸焼けはとれても食べ過ぎると毒ですよ」

「まあなんでもそうだけどね。けど野菜と肉類を交互に摂ることによって、血糖値の上昇を抑《おさ》えることができる、というわけで――」

そういうわけで、と取り出したのがキャベツだった。

「まずこれで千切りを作ります」

「千切り」

「そう」

藤島さんは、そこでキャベツを半分に切って、四つに割って、その一つをゆっくりとした動作で千切りにしていってボウルに入れる。

「水に漬《つ》けるとシャッキリするけど、そうすると甘味も抜けるしね。だから千切りは作りたてで新鮮《しんせん》なうちに使い切るようにしましょう」

野菜の栄養分は水溶性だから、と言い添えて、さらに揚げ物の入った袋の一番大きなものを手に取り、中身を出す。

チキンカツだった。

帰る前に店のレンジでチンしたので、まだあたたかい。

それをまな板の上でさくさくさくと二センチほどの幅で切る。

「そうして丼にご飯を半分くらい盛って、キャベツを載せて――」

チキンカツを半分。

それから彼女はウスターソースを手に取り、上からさらっとかけた。

「コンビニのチキンカツによるソースカツ丼、のできあがり」

「ソースカツ丼……これが」

まじまじと出来上がったカツ丼を見つめる香ノ宮さん。

どうやら、ソースカツ丼というのを見たのは初めてだったらしい。

いや。

「卵とじのカツ丼だって、店においてあるの以外は見たことがありません」

「……えー」

どういう生活をしていたのだろうか、と藤島さんは思ったのだが、思えば丼ものというものも外食以外ではなかなか食べるものではないし、外食をしない生活をしていたとするのならば、カツ丼を知識でしか知らない、というのもあり得る話だ、と思い直す。

「まあ……それはそれとして、召し上がれ」

「いただきます」

そういうことになった。

◆◆◆

「——ウスターソースって揚げ物に合うんですね！」

「そこから⁉」

一口食べた香ノ宮さんの反応に、思わずツッコミをいれてしまったが、ふと自分の家のことを思い出した。ウスターソースもたまに買うのだが、家の人間はあんまり使わずに消費期限を過ぎて捨ててしまうのが常だった。

「……元々、西洋のソースだからね。西洋料理のフライとかの揚げ物には合うんじゃないかな」

そんなには間違えてない、と思う推論を口にするのだが、実家でフライの類を食べる時は、そういえば醤油ですませていたと思い返す。

「ご飯にソースがかかるっていうのもどうかと思ってたんですけど、そんなに悪くないですね」

「ああ、戦前には『ソーライ』っていう食べ方が一部で流行《はや》ってたって話があるね」

「そーらい？」

「レストランでライスだけ頼んで、それにソースかけて食べるっていうの」

「うわあ……」

「試したけど、そんなに悪いものじゃなかったかな。格別に美味しいものでもないけど、それにまあ、悪くないっていうのは香ノ宮さんも今いってたじゃないの」

「それは、そうですけど……」

神妙《しんみょう》な顔でそう言った香ノ宮さんは、カツを口に運び、咀嚼《そしゃく》する。

そして。

「けど、そのそーらいっていうの、よく知ってましたね」

「調べたからね。明治の終わり頃から昭和にかけての話、今書いてるから」

正確に言うのならば、すでに書き終わっている。

先日に校正に原稿が回って、今はそれの返送待ちだった。

今仕事している会社の校正さんは優秀な人が多いから、歴史物ということで調べ事が多いにしても来週には返ってくるだろう。

しかし、作家という仕事はもう十年やっているのだが、未だに校正直しというのは慣れない。自分の原稿を修正する作業というのは、描き上げるのとは全然違う面倒さがあった。

作家の多くがデビューしてほどなく辞めていくのは、この作業があまりにも面倒だからではないか、とさえ彼女は疑っていた頃がある。

廣井さんなどにそれを言うと、

『あり得るねー』

と深く同意してくれたものであるが。

実際のところは解らない。

「それで、どういう話なんですか？」

香ノ宮さんが尋ねる。

読書家というほどでもないが、たまたまだが藤島さんの本も買ってくれていた。本心からかどうかは解らないが、「面白かったです」とも言ってくれた。社交辞令みたいなものかもしれないが、それはそれで嬉しかったものだ。

だからこそ。

「夏に刊行です」

内容は、一般人には内緒《ないしょ》なのだった。

「えー、教えてくれたっていいのにー。というか、さっき内容の一部言ってくれたじゃないですか！」

「時代設定とかは、もうホームページで一部公開されているからセーフですー」

実は、それは嘘だ。

半年後に発売の本の内容など、設定どころかタイトルすら予定に載っていない。

さっき時代設定などを言ったのは、本当に「つい」であって、要するにただの失言である。

別にここで粗筋《あらすじ》を話すくらいはしてもいいのではないか、とちらりと思わなくもないのだけれど、どうしても「やっぱりやめとこう」という気持ちが生じて、ブレーキをかけてしまうのだった。

——アキの考える話は、なんか人間関係？　それが解りにくい

（うるさい）

よく、こんな風に食卓で向かい合い、自分の構想を語ることがあったと、そんなことを思い出す。

相手はいつもいつも、こんな風に返してきたものだ。

（変に設定作りこんでるせいで、関係性が解りにくくなるだなんてことは、自分自身でよく解ってる……）

自嘲しながらそんなことを思っていた彼女だが、箸をおいてスマホをいじってる香ノ宮さんを見て、眉をひそめる。

「ご飯の最中にそういうことしたら——」

「うそつき」

香ノ宮さんはスマホの画面をこちらに向けた。

それは……藤島さんが今仕事をしている出版社のウェブサイトだった。

「えーと、その……なんで、香ノ宮さんは私がここで本を出すって知ってるのかな？」

作家生活十年。付き合いのある会社は一つだけではない。

先日に香ノ宮さんが持ってきた本は、今は付き合いがあまりない会社のものだった。

そもそもを言えば、彼女が今仕事をしているところとは、今回が初めてなのだ。

調べれば現在付き合っている会社はある程度は解っているだろうが、初めてのところをどう調べ出したというのだろうか。

「廣井先生に聞きました。藤島先生が今仕事している会社とかそういうの」

「えー……」

先日にスマホに電話がかかって以来、付き合いがあるのだと香ノ宮さんが言った。

「廣井さん、業界人でもない人間と付き合うとかあまりしないはずの人なのに……」

廣井さんは藤島さんより少し先輩《せんぱい》ではあるが、年齢は彼女より二つ年下だ。最初にデビューしたレーベルでずっと仕事を続けていて、今も少女小説を中心に頑張っている。仕事相手を広げないのは、人見知りのせいだと当人が言ってた。

その廣井さんが。

「何かあったら、私に頼むって言ってましたよ」

「…………」

「遠くに暮らしていて、藤島さんが何かあった時に何もできないのがもどかしいって」

「……………ありがとう」

それは、香ノ宮さんと廣井さんの、どちらに向けた言葉だったのか。

「どういたしまして」

◆◆◆

「それで、どういう話なんですか？」

「まだ聞くんだ……いいけど」

彼女が語ったのは、恋愛というよりも二人の女性の友情と対立と和解の物語だった。

明治の末年に生まれた二人の女性が、大正が終わる頃に女学生として出会い、一人は当時の最先端《さいせんたん》を目指しているモダンガール、通称《つうしょう》を「モガ」になり、もう一人は華族の家に生まれて何不自由なく生きていて、家を守る古い世代の良妻賢母《けんぼ》となろうとして……しかし時代と運命に翻弄《ほんろう》されていくというものだ。

二人は最初に出会った時から価値観が違っていたにも拘わらず、どことなくウマが合っていたが、卒業後に起きた恐慌《きょうこう》などにそれぞれの実家が巻き込まれ、これを奇貨《きか》として勢いを伸ばしたモガの女の子の家は大いに栄え、華族の家の娘は事業に失敗して没落《ぼつらく》。

そのことで二人の友情が壊《こわ》れることはなかった。

むしろ、互いに労《いたわ》り、助け合い、その関係を強固なものとした。

そしてまたいつかの再会を約束し、満州へと華族の娘が旅立ち、別れるというシーンで上巻は終わる。

「上巻？」

「上下巻の予定なの」

「上下巻で終わりなんですか？」

「今の御時世で、上下巻を確約してくれるところって本当にありがたいんだけど……」

そんなことは業界外の人間に言ったところで仕方がないか、と内心でだけぼやく。

出版不況《ふきょう》というのは、業界人以外には、本にあまりなじまない人間にはぴんとこないらしい。本を読んでる人間にだって、実感として理解できている者はどれだけいるものか。

「それで、下巻は……」

「まだ書いてない」

予定は一応決めてある。

プロットの通りならば……

モガの女性は、台頭する軍部とそれに関係する仕事についた夫との仲に悩むようになり、その未来に暗雲が立ち込めるようになる。

華族の女性は、当時の最先端の科学技術が盛り込まれ、なお国際都市として成長しつつある満州の大連《ダイレン》で、ひょんなことから女優への道が開かれ、銀幕スターとして表《おもて》舞台《ぶたい》に踊《おど》り出る。

そんな対照的な、時代の創り出す陰と陽に晒《さら》された二人の人生だが、やがて再び交差した時、思いもかけない対立が起きて――

「どんな思いもかけないことなんです？」

「決めてない」

「……いいんですか、それで⁉」

いいわけは――ない、のだが。

藤島さんは、そこらは漠然と考えていた。まったくなにも考えていない、ということはない。さすがにそんなのでプロットが通るわけがない。これがもう何十年か前ならば、そんなのでもいけたかもしれないけれど。昔の文芸畑だと、むしろプロットをたてないのが普通だったと初めて聞いた時は、妙《みょう》に感心したものであるが。

（けど、プロットにしてみたら、なんだか古めかしいというか、昔の朝の連続テレビ小説みたいなというか……）

こんなのでいいんですか、と聞いた時の担当さんは「僕《ぼく》は好きですよ」と言ってくれたが、正直、どこまであてにしていいものなのか。

香ノ宮さんは少し首を捻り。

「まあ、女同士の友情が壊れるなんて、彼氏取られたか彼女取られたかでしょうけど。どっちみち、男が絡《から》んできますけど」

「…………彼氏はともかく、彼女ってのは」

「私の周りだと、結構ありましたよ」

「……うーん」

自分の周辺では聞かなかったが、狭い交友関係であったことを思い返せば、世間ではそんなに珍しいことでもないのだろう。

多分。

きっと。

藤島さんはまあいいか、と首を振り、立ち上がる。

「さて、丼の続き——メンチカツ丼とか興味ある?」

「あ、それもなんか美味しそうです。それにも、ウスターソースなんです?」

「それも合うけど……」

藤島さんは、そう言いながら「案外と鋭《するど》いね」と内心でだけ呟いていた。

女の友情が壊れるのは、——男が絡む時だ。

彼女の周辺で修復不可能の喧嘩《けんか》をやらかした者たちの半分が、男が絡んでいた。

だからというわけではないが、この話も男が絡んで二人の友情が壊れるという展開を想定していた。編集さんには好きと前置きされてから「まあベタベタですけどね」

と言われたものであるが。

（かと言って、他のもう半分は…………）

特に理由などない。

いつの間にか疎遠になり、いつの間にか会うこともなくなっていた。

自分の狭い交友関係の中では半分だったが、きっと世間では、ほとんどがそういう風にして、特段のたいした理由もなく会わなくなって、それっきりになってしまうのだろう。

「――香ノ宮さん」

「はい？」

包丁をもってまな板に向かっていた藤島さんだが、唐突《とうとつ》にそう言って振り向いた。

香ノ宮さんは少し驚いたようだったけれど。

「……………なんでもございません」

「なんなんですか……」

この子とも、いつかなんの理由もなく会わなくなってしまうことになるのだろうか。

そう思うと、彼女は「それは嫌だなあ」と微かに声に出して呟いていた。

チキンカツのソースカツ丼のレシピ

◆材料
コンビニのチキンカツ
キャベツ
ご飯

◆作り方
温めたチキンカツを、ご飯の上に千切りにしたキャベツと共に載せて食べる。
※ソースはお好みに合わせて使用してください。
※ウスターソースは意外にもご飯にも合います。

◆ワンポイント
コンビニのレジのカウンターの真ん中で売っている揚げ物は、たいてい濃い味付けがしてあるので、そのまま一口サイズに切ってご飯に載せると、すぐに丼として食べることができます。ソースもいらない場合も多いでしょう。

卵とじなどの応用もありますが、色々と試してみましょう。

キャベツはコンビニで売っているカット野菜を使うと簡単です。マヨネーズやマスタードなどを添えるのもよいでしょう。

七食め　アンパンと牛乳

「ありがとうございました。またお買いあげください」

背中にかかる声を聞きながら、藤島さんは店の外に出た。

買い物袋にはアンパンと牛乳の５００㎖サイズ。

「さて、と」

愛車に乗り込み、エンジンをかける。

「どこへ、行きましょう、か――」

今日はまだ、決めていない。

◆　◆　◆

「ふんふんふん♪」

鼻歌を鳴らしながら、運転する。

運転とは言っても、国道は緩やかなカーブはあれど基本的にまっすぐに隣県《りんけん》まで続いている。

ハンドルをほとんど切る必要もなかった。

それはメリットだけではない。変化のない夜のまっすぐな道というのは眠気《ねむけ》を誘《さそ》う。だからというわけではないが、藤島さんは車に乗るといつもラジオのスイッチを入れる。毎度のことだが、いつの時代かも解らない懐《なつ》メロが流れ出した。

（こういうのって、本当に知らない曲ばかりだよね）

などと彼女は思う。

最近の歌にもさほど興味があるわけではないのだが、自分が生まれる前の、それもちょっと流行っていたという程度の歌謡曲《かようきょく》など知るはずもない。

それでも最近は昭和時代ものなどを書く都合上、古い音源などを探して聞くこともたまにあるけれど、やはり藤島さんにしてみたら、どれも似たようなものに聞こえる。それを廣井さんに言うと「きっと私たちの十代の頃のも、今の子にしたらみんな同じに聞こえると思うよ」と言われたけれど。

（今度、香ノ宮さんに……………やっぱり、いいか）

思えば自分は昭和生まれで、香ノ宮さんは平成生まれだ。

それを考えただけでも憂鬱《ゆううつ》になる。

「……さすがに、三十手前になると考えちゃうかなあ……」

別に、今までそんなこと、ほとんど気にしてもいなかったのだけど。

年齢のこともさることながら、若い友人ができると、少し自分が歳をとったということを意識するようになった、気がする。

肌《はだ》の色ツヤからして違う、二十代前半の女の子というのは、自分とはまた別の種族の生物のような感じさえある。考え方も、知っていることも何か違っている。ズレているようにも思う。

昔は、世代論なんて語る大人には反発を覚えていたものなのに、今の自分はそういうことをしている。

そういうのは滑稽でもあり、彼女にどこか諦観をも覚えさせた。

(人間、こんな風に歳食っていくんだなあ)

いつかこんなラジオから聞こえてくるような、古めかしい歌謡曲に郷愁《きょうしゅう》を覚えるようになるのだろうか。

それともあるいは、もう少し若い子にしてみれば、彼女が若い頃に聞いていたような歌は、同様に思えるものなのだろうか。

「——やっぱり、改めて聞いておこうかな」

そんな風に言って、前言を撤回《てっかい》した。

自分は作家で、作家たるもの、常に何かしら知識は仕入れないといけない、と思い直したのだ。

（それに、今度の主人公は、今どきの女の子だしね）

さすがに、過去の自分の記憶から手探りして造形するには、もう自分の感覚などは古くて通じなくなっているかもしれない、なんてことも思う。

藤島さんが最近は歴史物……過去を舞台にした作品を書くようになったのは、そういう自覚が理由の一つとしてあった。

「今どきの若い子の感性は、わかんない——」

口にしてから、苦笑の形に唇が歪《ゆが》んだ。

こんなセリフを口にすること自体が、歳をとった証拠《しょうこ》だと、そう思ったからだった。

ラジオから聞こえた曲が、歌謡曲から洋楽に変わった。

「うん？」

考え事をしていて、解説の人たちが何を語っていたのかを聞き逃《きのが》していた。

懐かしのメロディというのは、どうやらその当時の日本の歌ということだけに限ってなかったらしい。

不覚だった。

当たり前の話だ。

自分の親たちだって、ビートルズを聞いてたりしているだろう。

(いや、どうかな。あんまりそういうの聞いてそうなイメージないけど)

実際のところは聞いてみないと解らないけれど、案外とそうしてても不思議ではないよね、とも思う。むしろ、そういうギャップがある方がキャラとしては立ちやすい。

「って、小説じゃないっての」

そうこぼし、彼女は洋楽——というか、オールディーズのムードのある曲に耳を傾けた。

どこかで聞いたことがあるような、だけど具体的にタイトルが出てこない、そんなメロディだった。

映画かCMか何かで使われていたのかもしれない。

そのメロディが、ふっと雑音に変わった。

「…………あぁ、この辺が境界か」

しばらくそのまま走らせていた藤島さんだが、数十秒ほどしてからハンドルを切った。

さらにそれから二分ほどすると、またラジオに音が戻る。

FMが入らないほどの田舎だが、時折にどういう事情か拾える場所がある。

彼女はたまにこんな風に気晴らしに車を走らせて、そういう場所を幾つか見つけ出していた。

どこかで聞いたようなメロディは、明確にいつか聞いた曲に変わった。

The Rolling Stones。

転がった石。

確か中学か高校の頃、背伸《せの》びしてCDを買ったのだった。

そうか、と藤島さんは思い出した。

「あの頃はCDで買ってたわよね」

どうでもいいような、しかし懐かしい話だった。

今だとネットで何もかもを手に入れる。

こんな村でだって、だいたいのものはネットで買い揃えることができるのだ。

実際に、外に出歩きでもしないかぎり、都会に住んでいるのと大差はない。手に入るものだけに限れば、の話だった。

「♪」

自然と鼻歌が出ていた。

ラジオから流れたその曲は、彼女の一番よく耳にしていたものだったからだ。いつの間にか聞かなくなっていたけれど。その理由など忘れた。聞かなくなった理由にたいしたものがないのなら、再び聞くことになるのにも、たいした理由など必要はないのだろう。

車を止めた。

「今日は、ここで食べよう」

◆　◆　◆

時折に、どうしようもなく一人でいたくなることがある。

藤島さんは一人暮らしをしているので、そうなりたかったら簡単だった。ネット電話をオフにして、携帯電話の電源を切って、そして車に乗って、誰も知らない場所にいけばいい。

今日がそんな日だった。

ここのところ三日に二日は遊びにくる香ノ宮さんは、シフトの都合と所用があって、一日これないというのはあらかじめ解っていた。それならば、と思い立ったという部分もある。誰かがやってくるかもしれないというのに一人でいたい、とまで思うほど我儘《わがまま》には彼女はなれなかった。

辿り着いた場所は、正確な名前は知らないが水門の上だ。

こんなでも、もしかしたらダムというのかもしれないと思う。

川を遮るそこの上を車でわたって、向こう岸にいけば別の市のはずだ。

昼間だと一時間に三台くらいは通り掛かる道だが、夜中だとせいぜい五時間に二台もあるかどうか。

そこの真ん中に軽自動車を停めて、藤島さんはコンビニのビニール袋を下げて降り立った。

「……少し、寒いか」

そんな風に呟き、軽自動車のボンネットに歩いてから腰掛ける。

エンジンで温まった車体の温度がズボン越しに伝わったが、それもこの気温だと五分もしないうちに冷めてしまうのも解っていた。

手を置くと、熱くささえも感じるというのに。

「――♪」

再び、鼻歌がもれる。

車の窓は開けっ放しで、ラジオもかけっぱなしにしてある。

ここもまたFMが入る場所だった。

オールディーズのナンバーがまた流れ始めた。

何処かで聞いたような、聞かなかったような、そんな歌だった。

しかし、どういうわけか懐メロの歌謡曲などより、こんな歌詞の意味もわからないような洋楽の方が郷愁を誘う。

(どういうわけか、もないか)

中学の時に背伸びして買ったCD、高校の時に原稿を書くために聞いていたラジオ。

大学の頃にも、かっこつけて出入りしていたこじゃれた喫茶店《きっさてん》。

そんな風にいつかどこかで聞いていた。

そんな歌だった。

「………さて」

コンビニ袋をバンパーの上に置いて、彼女は紙パックの牛乳を開け、袋入りのアンパンを取り出した。

牛乳とアンパン。

この組み合わせを初めて知ったのはいつ頃だったのか、はっきりとは思い出せない。もしかしたら小学生の頃かもしれないし、もっとあとかもしれない。

気づいたらこの組み合わせでよく食べるようになっていた。

大学の頃の友人には「まるで刑事ドラマの張り込みシーンみたい」などと言われたものだが、友人にも藤島さんにも、アンパンと牛乳で張り込みをしている刑事ドラマなど観たことはなかった。そのような話はネットで転がっているのだが、それを知っているだけである。

「けど本当に、そんなシーンがあるのかしら」

ぼやくように言ってから、アンパンをかじり、咀嚼して、牛乳で押し流す。

美味しい。

晩秋の肌寒い中での冷たい牛乳というのは、あまり体にはよくないのかもしれない。それでもこんな風に一人でいる時に食べるもの、というのは彼女にとってこの組み合わせだった。

こだわりがあるというよりも、ずっと昔からそうし続けていた、というだけのことでしかないけど。

何度もかじり、飲みを繰り返していくと、ようやく一人で夜にいるということにも心が慣れてきた、ような気がする。

水門から見下ろす静寂《せいじゃく》な黒い水面を見ていると、嫌なことばかり考えてしまうけれども。

「……来年に上下巻出して、それからどうなるのかしらね」

そう。

こんな田舎の一軒家を借りるような生活をしているのだが、藤島さんには来年に仕事をするあてがなかった。

今書いている歴史ものの上下巻を出すことが確約されているのだが、それ以降の予定というのがほとんど決まっていない。

もしかしたら、その二冊以外の作品は出せないかもしれないのだ。

それ自体は珍しいことではない。

小説家の生活というのはそもそもからして不安定なものであるし、年に一冊しかだせなかった年だってあった。二冊だけとはいえ出すのが確約されたというのは、この十年以上もの彼女のキャリアが、それ相応に積まれていたことを意味している。この業界、二十年もの作家生活を続けていながらも本を出させてくれないだなんてことはざらにあるのだ。

だが、その後は――

(どっこも企画通らないのよね……)

この十年、色んな仕事をしてきた。ティーンズ中心の恋愛小説とはいえ、ここ数年は一般文芸の方でも書かせてもらっている。

重ねていうが、藤島さんはそれ相応のキャリアがある。

しかし、時代はそのくらいのキャリアでも生き抜くのが困難になりつつある――のも確かだった。

出版不況に加えて少子化、ネットメディアの発達など、本が売れなくなる理由は様々あげられる。

そして次々と新しい世代の作家の台頭もあった。

『この人が今年の××賞を獲《と》った――』

と先日に編集部を訪ねた折に紹介《しょうかい》されたのは、在学中にデビューが決まったという大学生だった。

同じ担当がついて、同じ編集部で、同じく女性であるその娘は、

『お会いできて光栄です』

などと挨拶してきた。

『藤島先生にどうしても会いたいと言われて、今日来ると聞いたら自分もって』

『そういうの問題にならないんです？』

個人情報の漏洩《ろうえい》にあたりはしないだろうか。

いや、会いたいと言われたから同じところの先輩を紹介する、ということ自体には何も問題がないのかもしれないけれど。

なんだか不意打ちだったし、そもそもからして彼女はそういうことをされるのが初めてだったので、つい編集を睨みつけてしまった。

『あの……ご迷惑でしたか？』

『あ、いや、そんなことなくて……』

年下の女の子に上目遣《うわめづか》いに言われたら、許すしかない。

編集部で少し雑談してから、近所の喫茶店で話をすることになったのだが、その時はぼんやりと少し香ノ宮さんと同じ匂いがするなあ、だなんて思っていた。

話そのものは、二時間ほどした。

藤島さんだって作家の端《はし》くれだし、若い女の子とは本当に最近は香ノ宮さん以外とは話していないわけで、何かの刺激が受けられればという期待もしていなかったわけではない。

実際に話してみると、この新人は彼女などよりずっと広い知識と瑞々しい感性を持っていた。

感性についてはもう三十路手前の藤島さんなどよりも大学生の女の子の方が、ということは当たり前ではあるのだが、知識についてはこの新人は小説を書くために大学で史学を学ぶことに決め、そしてまたそれ以外の分野の本にも積極的に手を伸ばしているという――なんとなくぼんやりと進学を決めて、ほとんど惰性《だせい》で小説を書き続けていた彼女とはかなり違っていた。

正直、敵《かな》わないなあとその時点で思った。

どんな話で新人賞をとったものなのかなど全然知らなかったのだが、話をしながらこの娘は多分、自分より売れるだろうなあとぼんやりと考えてしまう。

（って、私より売れて当然じゃないの）

新人賞もとったばかりだ。

対して、自分も新人賞を受賞したとはいえ、今や存在しないレーベルのマイナーなティーンズ小説のもので、キャリア十年といえば聞こえはいいが、別の言い方をすればすでにロートルみたいなものだった。

同期の誰よりも売れていたわけではない。

同期の誰よりも売れる売れないということに――世間の評価に対して鈍感《どんかん》だったから今も作家などやっていられるのだと思っている。

ほとんどの先輩も同期も、後輩たちも、自分などより才能もあったように思えた人もいたし、確実に売上もあった人たちもいた。

そういう人たちで今も同じくこの仕事をしているのは、三分の一くらいじゃないかという気がする。

いちいち数え上げていっていないので、本当のところはもっと多いかもしれないし、少ないかもしれない。

もしかしたらやめている人もいれば、あるいは当人はやめていないつもりで、今は仕事がないだけの人もいるかもしれない。

この業界、やめているのとやめてないのとの境目は曖昧なのだった。

もうやめる、と言って田舎に帰った人間、食えないからと就職してそっちの方が忙しくなってしまって「もう小説は書かない」とメールをもらった人間……を辞めたと定義して――

やめよう。

考えるだけ、虚《むな》しくなってきた。

目の前の新人の娘がどこまで売れていつまで仕事を続けるのか、その時になってみないと解らないし、多分、自分はそんなにこの娘には関わらないだろう。

その時は、そんな風に思っていた。

……二時間の会話は、苦痛というほどのものでもなく、当たり前のようにあっさりと過ぎ去った。

その終わりの間際《まぎわ》に、『舞い上がって忘れるところでした』と鞄の中から取り出したのは、藤島さんが昔、ティーン時代に書いてた文庫本と、今月に出る予定のこの娘の新刊だった。

『私のサイン入った、私の最初の本と、そして私が昔買って感動した、藤島先生の本です』

サインください、と言われた。

ずっと憧れていたんです、とも。

そしてこれが、あなたを目指して書き上げたものです、と。

十年も仕事をしていたら、こういうことはないでもない。

この時も、そういうことの一つとしてサインして、そのまま別れ、何時間と電車に揺《ゆ》られ、乗り換え、帰宅したのだが——

◆◆◆

「…………新人は下から下からあがってくるんだものなあ……」

はあ、と溜め息混じりに言う。

もらってきた新人の娘の本は、帰り道の電車の中で読んだ。

正直、打ちひしがれる思いだった。

新しい才能の出現など慣れっこだったと思うのだが、この娘の作品は、なんというか……自分の目指していたものの、さらにその先にあるように思えてならなかった。

藤島さんの作品に憧れていたというのは本当だったらしく、なんだか昔に好んでいたような言い回しや表現があちこちに散見できた。それはそれで気恥ずかしかったのだが、テーマというか作品の舞台、時代設定なども、かつて好んでいたものにかなり近かった。似ていた、といってもよかったけれど、それはつまり同じではない、ということであり、別のものだということだ。

そして次に構想中の話ときたら、戦前舞台の女の友情の話ときた。

明治の話だというから自分の今書いてるものとは時代がずれるのだが、少しはかぶるとかそういうことは担当編集さんは言わなかったのだろうか。

来年出す本のことを言うべきか言わないままにすべきか、少し迷ったのだが、結局は言わなかった。

この業界、多少のネタかぶりなどよくあることだし、多分、自分の書いたものよりいいものが――もっと別の言い方をするのならば、自分の書いたものよりも自分好みのものが、自分の理想のものの、さらにその先にあるものができあがるような、そんな予感がした。

「私も、そろそろ終わりかなあ」

自分に憧れていた娘が出す、自分が目指す先にある作品を、自分の作品よりも楽しみに、期待してしまうだなんて。

——それなのに自分が本を出す意味なんてあるのか。

そんなことを思ってしまった。

よくあることだ。

こんな思いも、初めてではない。

この仕事をしていれば、何度となく遭遇することの一つにしかすぎない。

自分が小説を書くことの意味を疑ってしまうだなんてこと。

よくある事故みたいなものの一つでしかない。

だから、とっくに慣れてしまっていると思っていた。こんなことで傷ついてしまうだなんてもうないと。彼女は自分がまだこんなことで怪我《けが》を負ってしまうという、そのこと自体が信じられなかった。

もうお金のためと、そう割りきって書いてるつもりだったのに。

…………いつの間にか、アンパンは食べきって、牛乳もなくなっていた。

ラジオ番組も、最後の一曲だけになっていた。

「どうしようかなあ」

そう言って、ぼんやりと空を見上げた。

星が綺麗だった。

吸い込まれるような昏《くろ》い水面を眺め続けていたせいか、夜空の明るさにはなにか弾《はじ》かれたような気がした。

都会になくて田舎にしかないものがあるとしたら、まず、これだ。

都会の夜空では決して見えない煌《きら》めきを眺めていた時間は、しかし数秒となかった。

藤島さんは車に乗り直すとエンジンをかける。

ＦＭは今夜のラストナンバーを流していた。

The Rolling Stones。

夜をぶっとばせ。

「――――――♪」

口にしていた。

中学生の時に背伸びしてよく聞いていた曲。

あの頃に戻れることはないと解ってるけど、彼女は口ずさみながら、夜道を走った。

牛乳とアンパン

◆**材料**
牛乳
アンパン

◆**ワンポイント**
黄金の組み合わせです。

間食　香ノ宮さんのお昼ごはん　肉まんと麦茶

「香ノ宮さんが読書って珍しいですね」

　バイトの大学生男子に言われて、香ノ宮さんは「そう？」とそっけなく答える。顔は開いている本に向けたままだ。片手には肉まん。入店してすぐに買ったものだろう。

「もう一週間くらい、ずっと読んでいるけど」

「一週間かかって半分も読めてないんですか？」

「バックヤードにいる間だけって決めているからね」

　彼らコンビニ店員たちがバックヤードにいる時間は、意外と短い。人手があまりない田舎の店ならばなおさらだった。極論を言えば、入店してからローテーションが始まるまでの十数分くらいの待機時間しかないのだ。勿論、早めに来ればその余分は増えるのであるが、そんなに早めに来る人間もそんなにはいない。

　着替えたらすぐに仕事が始まる、くらいの余裕でだいたいの店員は行動している。ただ、今日はたまたま大学生男子が少し早めに来て、香ノ宮さんとバックヤードでかちあった、ということである。

大学生男子は「ふーん？」と興味深そうな顔をして、香ノ宮さんの広げている本の表紙を覗き込んだ。

「古都の酒？」

「古都って書いて〝みやこ〟と読むんだって」

「みやこのさけ——古都って奈良ですか？　あそこら地酒メーカーの話とか？」

「地酒メーカーってのは合ってるかも。奈良の酒造りをしたお寺の話だから」

香ノ宮さんはそう言ってから本を閉じ、鞄に入れる。

「お寺が酒？」

「戦国時代だけどね。なんか清酒を初めて作ったお寺の話」

歴史小説というやつだろうか。

香ノ宮さんは肉まんを頰張ると、テーブルの上にある紙パックの麦茶で流し込む。

「面白いんですか？」

「結構ね」

どうでもよさそうに言う香ノ宮さんに、大学生男子はもう話は終わったのだと判断したが、それでも最後に一つだけ聞いた。

「作者は誰です？」

「藤島さん」

「――――え？」

大学生男子の声に応えることもなく、香ノ宮さんはバックヤードを出て行った。

××××の昼ごはん　牛乳とバナナ

「――ありがとうございました。またお越しください」

そうコンビニ店員に見送られ、「また来るのだろうか」とふと思う。

この辺りに来るのは初めてだし、これから先も来るとは思えない。

しかし、時間の許される限りはこの近辺を探して回ることになるだろう。

袋の中にあるのはバナナと牛乳。

特に拘《こだわ》ることがあるわけではない、エネルギー補給のためだけの食材。

それを駐車場に停めたレンタカーの運転席に座り、押しこむように口に入れていく。

「アキ……会いたい……」

ぽつりと、呟いた。

八食め　鶏肉とキャベツのサラダ

「――どなたですか？」

この家のインターホンを鳴らす人間なんてのは宅急便の配達員以外では数人しかいない。その数人もくる時間帯は限られている。こんな朝にやってくるような人間はいないはずだ。藤島さんはそんなことを思いながら、朝の訪問者を迎《むか》えた。

そこにいたのは。

「――久しぶり」

閉めた。

鍵をかけ直した。

彼女は黙ったままで部屋の奥に戻り、無線のヘッドフォンを耳につけたままで布団をかぶった。流れてくるのは作業用にエンドレス再生にしていた動画の曲だ。インターホンは何回か鳴った気がしたが、それは無視した。曲に意識を集中しようとするが、できない。どうして、と思う。どうして。どうして。どうして。と重ねて思う。

(なんで、アイツがここにいるのよ――――)

目を閉じる。

何も見たくない。

何も聞きたくない。

何も考えたくない。


何も、思い出したくない。

◆　◆　◆

藤島さんは三年前にこの家に引っ越してきた。

その前は実家暮らしだった。

高校を卒業して、大学に入学しても、大学を卒業しても、しばらくはそうだった。

高校を卒業後に彼女が進学を選択したのは、その時にはすでに作家であったけれども、到底《とうてい》それだけで生きていけるほどの収入があったわけではなかった。世間は出版不況なのだった。それでも年に二冊か三冊出すだけで、それなりに学生の小遣いとし

ては上等だった。税金の申告は煩雑《はんざつ》ではあったけれど、たいした収入ではないという
ことは、面倒さもたいしたものではないということでもあった。
当時の担当編集にも、就職の機会があるのならばしておいた方がいいとも言われて
いた。将来にわたってまで作家の仕事があるとも限らなかったし、正直にいえば、作
家だけで食べていける人間というのが少数派だった。若い女の子ということで結婚と
いう選択肢《せんたくし》があるけれど、とも言われたが、それは女性差別的だなあと思っても特に
反論はしなかった。漠然とそういう風な未来も、その頃の彼女は考えていたからだ。
大学の四年間は、特筆するようなことは何もなく終わった。
友達はほどほどにできたが、誰の恋人になるということもなく、なんとなくぼんや
りとした人間関係の中にある心地よさに浸っている内に、いつの間にか過ぎ去ってし
まっていた。そんな風になった理由は考えるまでもなく解っていて、要するに作家で
あることを誰かに話したくなくて、新しく出会った人々とも適当に距離を取り続けた
からだった。馬鹿みたい、と思わなくもなかったけれど、今更にそれを変えようがな
いというのも確かだった。
卒業して、就職——して、すぐに会社は倒産した。
適当にバイトなどを繋《つな》げつつ、しかし再就職はしなかった。この頃は作家としてあ

る程度安定した生活を続けることができる自信ができていた。

（このまま、人生はぼんやりと続いていくんだろうな——）

藤島さんは、そんなことを感じていた。

小説家になる、というのは彼女の夢であったけれど、果たされてしまった後に待っていたのは、それまでと同じくぼんやりとした毎日の連続だった。小説を書いてお金にする、というのは特別なことではあっても、それを日々の糧《かて》としていくのならば日常の行為のひとつとして埋没《まいぼつ》していく。

（結局、自分から何かしなければ、始まらないか）

だからと言って、何かを始めたいということも強く考えてるわけではない。

藤島さんは、その頃は今から思えばかなり消極的に生きていた。

小説家であることを隠《かく》すため、という理由で目立たないようにしていたのが反映していたのかもしれない。

たまに、取材という名目で旅行になんか行こうと考えて旅行会社にいって無料でもらえるパンフレットを持ち帰ったりしても、旅先を検索して動画と画像を眺めているうちになんだか満足する——そんな日々を繰り返していた。

転機があったのは、そんな感じの日々の中で、もう幾つ目なのかも忘れたバイト先で、ヘルプとしてキッチンに行った時だ。

——キッチンは戦場だった。

よく忙しいところを修羅場《しゅらば》だの戦場だのと例える。彼女も自分の仕事で締め切りに追われている時などそう表現するし、今までに遭遇したバイト先にもそういう忙しくもけたたましい場所は幾つもあった。

だから、そこが藤島さんがかつて遭遇したことがないほどの激戦区であることも解った。

その理由もすぐに解る程度に、彼女は戦場慣れしている。

(人手が絶対的に足りないんだ)

そもそもからして、ただの接客バイトがヘルプに入らなければならないキッチンというのは何事なのか。

後で聞いた話だが、どうもインフルエンザで二人ほどベテランの料理人が欠けてたということだった。

たった二人——されど、それはどうしようもなく重要な二人だった。

よくある話だ。

能力がある人間がいると、自然とその人間の能力に依存したシステムになっていく。

本当は、能力がない人間にでもどうにかなるものだったのが、いつの間にかそうなっていく。

今までにも何度か見てきた状況だったけれど、さすがにこれほどの激烈《げきれつ》なものは初めてだった。

そして。

藤島さんは、勇敢《ゆうかん》だった。

彼女は、その戦場に向かい、戦い抜いた。

小説ばかり書いてると運動不足になるよ、という先輩作家の助言に従って週二のジム通いを欠かさなかったというのと、割りとすぐにつけるバイトは肉体労働系が多かったというのと、あとはキッチンでの補助業務の経験があったというのも大きかった。

ただ、その時の記憶というのが藤島さんには随分と曖昧である。

ひどく忙しかったということと、一人——あんな地獄《じごく》のような場所でなお、涼《すず》しい顔で調理を続けていた人間がいたというのが印象に残っていた。

その調理人が彼女同様にバイトであったと知るのは次の日のことで、たまたま休み時間で話すようになったのがその三日後で、一緒に帰るようになったのは、さらにその翌日だった。

……馬が合う、というものだったのだと思う。

高校時代、いや、そのずっと以前から浅い人間関係しか構築できなかった藤島さんにとって、初めての親友と呼べる相手だったのは間違いない。

話してて楽しいし、一緒にいるだけでなんだか落ち着くことができた。

一緒に住もう、ということを言い出したのはどちらかだったかは、忘れた。

二人は最初に出会ってから三ヶ月で、同居生活を始めた。

◆　◆　◆

「……………もう、夜か…………」

気がついたら、窓の外は真っ暗になっていた。

布団の上で立ち上がった彼女は、電気をつけて大きく息を吐きだす。

「さすがに、もう帰ったわよね」

布団にくるまる前に見た顔を思い出して、そうぼやく。

もしかして勝手に家に入り込んでたりしてないか、と一瞬思ったがさすがにそれはないかと思い直す。いくらなんでも、そこまで非常識であるとは考えたくない。それでも立《た》ち尽《つ》くして耳をすませてしまったのは、もしかして……という思いが捨てきれなかったからであるが。

十数秒ほどそのままでいたが、家の中には気配は他に感じない。

多分。

のろのろとした足取りで台所までいって、そこで初めて時計を見て時間を確認した。

七時半。

香ノ宮さんはまだ仕事が終わってないけど、あと一時間もしたらテレビを見るためにやってくるだろう。その時までに食事をすませてしまおう、と思う。

「……って、何作るつもりだったっけ」

無理矢理に目を閉じて眠ってしまったせいか、頭がはっきりしない。

額を押えてしばし思案する。

「ああ、そうそう、サラダ作るんだった」

野菜室から、昼ごはんに使ったキャベツの残りを取り出し、まな板に載せる。

「えーと、あとなんだっけ、えーと、えーと、キャベツを千切りにして……鶏肉を」

ぼんやりとした頭のままで、それでもいつもどおりに手を動かし、刻みきってから

ふと気づいた。

(包丁洗ってなかった……)

なんとなく横着して、昼ごはんの直後にそのまま置いといたのだ。

藤島さんは包丁をまじまじと見つめる。

「えーと……」

お昼ごはんは、豚肉とキャベツの味噌炒めだった。

『だから、豚肉とか生《なま》で触《ふ》れたものは使わない！』

……脳裏に閃《ひらめ》いた声に、深くため息を吐く。

続いてまな板の上のキャベツの千切りを見つけていたが。

やがて。

「……お好み焼きに変更、か……あるいは焼きそばに……いや、やっぱり」

決然と顔を上げた彼女は、タッパーを出してキャベツをいれて冷蔵庫に収蔵し、そのまま部屋に戻って着替え、駆け足気味に玄関に行った。

「サラダに、続行！」

そういうことになった。

◆
◆
◆

「――アキ」

コンビニの前で、そいつはいた。

「――」

待《ま》ち伏《ぶ》せていたわけではない、というのは解る。藤島さんの家の前でいつまでもいるのも憚《はばか》られて、近くのこの店に時間を潰しにきた、ということなのだろう。ここで会ったというのはたまたまに違いない。あるいは、もしかしたら、ここで再会できるかも、という期待はあったかもしれないけれど。

彼女はそいつを一瞬だけ見た。

見てから、そのままコンビニに入る。

すれ違いざまに、そいつはもう一度声をかけようとして、できなかった。

藤島さんの顔を見たからだったかもしれない。

「いらっしゃい――」

香ノ宮さんがレジに立っていたが、途中で声を止めるという店員らしからぬことをしてしまった。無理もないことだった。

「あの、」

と続けて言おうとした香ノ宮さんを無視して、彼女は惣菜コーナーに進む。

無茶苦茶な勢いで刻み野菜を籠に三袋いれた。

そしてそのままの勢いで、パック入りの胸肉を二種類。

ほとんど足を止めないままに酒のコーナーに行って、それでも乱暴な開け方はせずにビールを五本、入れた。

そこから踵を返した藤島さんは、まっすぐにレジに向かった。

「藤島さん、あの……」

「――ごめんなさい」

香ノ宮さんの言葉をそれだけでぶった切った。今日は、これ以上誰かと話したくはなかった。誰とも顔を合わせたくなかった。このまま家に帰って、酒を飲んで酔いつぶれてしまいたかった。

彼女の声と顔にどれだけの決意を読み取ったのか、香ノ宮さんは事務的に商品をレジに通し、値段を告げた。

藤島さんは黙って五千円札を出して、無言のままにおつりを受け取る。

そして「今日は、こないで」とだけ呟いてから外に出て——


「——アキッ」


そいつは、出入口から二メートルほど離れたところで立っていた。

「お願いだから、話を聞いて——」

「聞かない」

思わず、出してしまった。そんな声だった。

顔をしかめてしまったのは、決して話すまいという自らの決意を自身で破ってしまったからだと気づいたからだ。

「アキ」

「離して」

手を摑まれた藤島さんは、反射的に腕を振る。買い物袋が手から飛んで、コンビニの入り口にあたった。

「あんたと話すことなんか、何もない！」

「こっちはアキと話さないといけないことが、」

「――何してるんですか！」

香ノ宮さんが店から出てきて、そう叫ぶ。

二人はそれで黙りこんでしまったが、腕は摑まれたままだ。

その様子を眺めていた香ノ宮さんだが、微かに眉をひそめる。

「………藤島さんの、元カノ？」

「――彼女じゃない」」

綺麗に重なった。

◆◆◆

設楽渚《したらなぎさ》、というのが藤島さんの元親友で元同居人の名前だ。

見た目に小柄《こがら》であるが、料理人を目指していただけあって結構な筋肉質である。細く見えるのは着痩《きや》せしているからである。

「………元、親友、ですか」

香ノ宮さんは藤島さんの家の台所で話を聞いて、まず首を傾げた。

「私は、まだ親友のつもりだけど……」

「………」

ナギ、とかつて呼んでいた自分の元親友のその言葉に対して、彼女は何も言わなかった。言うつもりもなかった。もう説明は済んだ、とばかりに顔を逸らして、ふてくされたような表情をする。

香ノ宮さんはその様子を見てから「うーん」と唸ったのだが、やがて。

「それで、どっちがどちらの彼氏を奪《うば》ったんです？」

「――――なんでそういう話になってるの？」

設楽渚はきょとんとした顔をしてしまった。

「違うんですか？　親友同士が喧嘩する理由なんて、だいたい半分は彼氏取られたか彼女取られたかでしょ？」

「………別に、なんというか、それ以外のものだってあるでしょ……」

不満気に言うが、それ以上の言葉はない。どういう事情があったのかを積極的に話すつもりはないらしい。

確かに、会って一時間としない相手に個人的な理由を説明するのもおかしな話だ。それがかつての親友の今の友人であるにしても、なんだかとてもおかしな展開である。そもそもを言えば、どういう事情があったのか、上手く説明できかねるというところもあった。

なんで二人が藤島さんの台所にいるのかといえば、香ノ宮さんに押し切られたからである。

従う理由などなかったのだが、なんだかよくわからない勢いに押し切られた。

店内に戻った香ノ宮さんはどういう風に店長と話をつけたのか、早引けを認めさせた上で買ったばかりだという自動車に二人を載せて、あっという間に連れてきたのだった。

とりあえず、この人は誰だと聞かれたので、設楽渚について適当に説明した彼女であるが、香ノ宮さんはそれで納得してくれたらしい。

それからしばらく香ノ宮さんは設楽渚とやりとりしていたが、藤島さんは聞いてなかった。早く終わって欲しいとひたすら思っていた。

「それで、どうやってここに藤島さんがいるって解ったんです？」

と尋ねるのが聞こえた。

それは少し気になったので顔をあげた彼女であったが、「宅急便が……」と設楽渚は言い難そうに、しかしはっきりと答える。

「アキの家に訪ねた時に、たまたま玄関に宅急便の箱が置いてて、その時に住所が見えて」

（多田さんの野菜だ……）

藤島さんは、なんだか合点がいったというように息を吸った。

野菜販売の多田さんは、自分の実家に野菜を送ってくれている。

宅急便を使用しているとは聞いているが、その時の箱が届いたばかりで玄関に置きっぱなしになっていた……ということなのだろう。あるいは箱が重くて台所まで持ち込むのが億劫で、玄関で開けて小分けに中身を運んだのかもしれない。両親は二人とも、すでに五十歳を超えている。

けど多分、宅急便の住所はここのそれではなかったはずだ——と思う。

（……大雑把《おおざっぱ》にあたりをつけて、この近辺を探して回ったのかな……ナギならやるかな。どこまでも脳筋志向だから……）

目を閉じて、うつむく。

考えたくない。

またいつの間にか二人の話す声は遠ざかっていった。

やがて、何かの結論が出たのか、香ノ宮さんは設楽渚の手を取って台所から出て行く。

「ちゃんと、話はしたほうがいいですよ」

そう、一言言い残した。

◆◆◆

設楽渚と藤島さんの同居生活は、三年ほど続いた。

設楽渚は気持ちのいい女だ、と彼女は思っている。それ自体は今も変わらない。行動力の塊みたいで、何をやらせても自信満々……のようでいて、最後の最後の部分、一番奥のところで、どうしてか気弱になってしまう。

自分とは育った生活環境も今までの経歴にも重なるところはないのに、変に気があった。

話すと楽しかったし、一緒にいるだけでなんだか落ちつくことができた。

そして、さすがに同居生活を始めるにあたって、藤島さんはついに自分が小説家であること、そしてそのペンネームと作品まで教えた。

意外にも——というと失礼だが、設楽渚は彼女の作品を読んだことがあった。結構面白かったよ、と言ってくれた。お世辞でもなく、そっけなく出された言葉がとても嬉しかった覚えがある。

三年の同居生活の間には、当然、喧嘩もした。一度や二度ならず、毎月二度三度とした。

それでも藤島さんは設楽渚のことが嫌いにならなかったし、設楽渚も彼女のことを嫌いにならなかった。

こんな日々がどこまで続くのか……ということは、あえて考えないようにした。

作家だけあって、想像力は人並み以上にあるという自覚がある。嫌なことを考え出したら止まらないたちであるということは、よく解っていた。いずれ破綻《はたん》するだろうとは思っていたが、どういう風にそうなるのかなんて、考えたくもなかった。

そして、その日がきた。


（どうして、自分はあんなことで怒ったんだろう）

そう思う。

冷静に考えれば、あんなことでショックを受ける自分自身の方に納得がいかなかった。

ただ、どうしてもそのことをまともに考えたくないという、自分自身がそれを拒否《きょひ》しているということも解る。

いや。

いや。

いや。

思い出せ。

考えろ。

自分は何が嫌だったのだ。

何があんなに衝撃《しょうげき》だったのか。

担当編集さんとの打ち合わせが、思ったよりも早く終わった日だった。

予定より一時間早くに帰る――というのも、なんだか味気ないな、とどうしてか思った。

どうしてか。

本当に、どうして、そんなことを思ったのだろう。

藤島さんは家への帰路を途中で変更し、設楽渚が勤めていた食堂へと足を向けた。

シフトは把握《はあく》している。

あと二時間ほどで今日の仕事は終わって、一緒に帰れるだろう。たまには、そういうことをしてもいいなと思った。今日は外食なんてしてもいいかもと、そんな風なことも考えていた。

食堂とは言っても、洋食の老舗《しにせ》として九十年だとかの歴史がある大きめの店舗《てんぽ》の、裏口に彼女は向かった。

勝手知ったる……と言える程度にはここにはよく来ていた。

そこで。

渚が、同じ服の男に手を握《にぎ》られていた。

真正面から。

真剣《しんけん》な眼差《まなざ》しで。

何かを告げていて——

ナギはそれに、

◆◆◆

「………さて、と」

香ノ宮さんも設楽渚もいなくなった台所で、藤島さんは立ち上がり、袋の中身を取り出す。細切り野菜の袋と、胸肉。黒胡椒で味付けがしてあるものだ。

彼女は小さめのボウルをとりだすと、野菜をいれて胸肉を細かく千切り、入れる。

その作業が終わった後、少し考えて野菜室からトマトを出す。先日の完熟トマトではなくて、別に仕入れた普通のトマトだ。それを小さく包丁で切り、さらに加える。

菜箸《さいばし》でぐるぐると中身をかき混ぜると、テーブルの上においた。

「コンビニの胸肉パックと細切り野菜のサラダ——の、できあがり」

そう口にしてからご飯をよそい、インスタント味噌汁を作る。

そして小皿を三つ。

それぞれにゴマだれと醤油ドレッシングとマヨネーズをいれる。

箸でそれぞれのタレをつけて、味わう。

こういう食べ方は、設楽渚がよくしていた。

『ちょっとした工夫で、色々と食事って楽しくなるでしょ？』

洗い物が増えるので面倒なだけだ、と自分は答えたような気がしないでもない。

今から考えれば、ずっと家族と一緒に生活していた自分なんかより、一人暮らしが長かった渚の方がそこらの事情は解っているに違いなく、ああいうことはとにかく自分をあきさせないように、少しでも一緒に楽しみたいからしていたのだと解る。

「…………あれから、二年か」

衝動《しょうどう》的にあの場から立ち去り、同居していた部屋からも最低限の私物だけ持って実家に帰った藤島さんであったが、どうしていいのか、自分がどうしたいのかが解らなかった。

あの時、ナギは自分に気づいたのだと思う。

告白の返答を聞いた自分を、あいつはどう思っただろうか。

そして、私は——私自身は、何をあの時に感じたのだろうか。

よくわからない。

とにかく落ち着くために、父にどこか遠くに行きたいと相談した。

そしてここに転居を決めた。

確か、三日かそこらで決めたと思う。

その間にメールも電話も何度もかかってきたし、家にも一度きた。その全部を無視した。

必要最低限の手荷物で、下見すらしたことがないこの家にやって来た。

それから二年たった。

(大分、老けたかな……ああ、だけど、あいつは、私より二歳年下だっけ)

となると、自分が二十九だから、二十七か。

肉体労働だから、ふけるのも速いのかもしれない。あるいは、心労で肌の手入れもろくにできてないとか、そういうことかもしれない。

「二年——か」

口にする。

改めて考えても、それは長かったような気がするし、短い年月なようにも思える。

（ああ、もう！）

何も考えたくない。

ビールを取り出して。

開けた。


泡が溢れだした。


「あーあ……」

そういえば、あの時に放り出したんだっけ……思い至り、衝動的に笑い声が口からもれた。

最初は小さく。

それはやがて哄笑《こうしょう》というほどに大きくなってから。

「バカみたい」

と呟いた。

「本当に、本当にバカみたい……」

落ち着くために——

そう言って、自分はここに来たはずだった。

それなのに、二年もたって、二年もたっているのに、全然落ち着いてもいないし、それどころかあの頃よりも後退さえしているような気がする。

缶ビールを机の上に置いて、藤島さんはテーブルの上に突っ伏した。

「どうしようかな……」

今からナギを追っていくべきか、それとも。

脳みが上手く機能してくれない。

どうするべきか、その答えなんて解りきっている。

解りきっているはずなのに、結論にまでどうしても至らない。結論を出すのを嫌がっている。怖がっている。

「本当に——」

ふと。

突っ伏したまま、顔を横に向けた。

先日に新人の女の子に貰った本が、栞《しおり》を挟《はさ》んだままで置かれていた。

『私のサイン入った、私の最初の本と、そして私が昔買って感動した、藤島先生の本です』

サインください、と言われた。

ずっと憧れていたんです、とも。

そしてこれが、あなたを目指して書き上げたものです、と。

「そっか……」

身体《からだ》を起こした彼女は、苦笑しながらに溜め息を吐く。

「私、二十九歳で、憧れの先輩なんて言われるような歳なんだよね……」

いい加減に、大人になるべきなのだろう、と藤島さんは思った。

◆　◆　◆

「……………お酒、飲んだから駅まで送ってくれ——って、藤島さんって随分と調子いいんですね?」

朝になって呼び出された香ノ宮さんだが、怒ってはいなかった。どこか苦笑しながら藤島さんの車の鍵を受け取った。

藤島さんが設楽渚が東京に帰ったのを知ったのは、深夜になってからである。

メールに香ノ宮さんから連絡が入っていたのだ。

どうやら仕事の合間に、どうにか数日抜けだしてきたものらしい。

また来る、と言い残していた。

それを見た彼女はビールの三本目を開けた。

五本買ったそれを全部飲み干すのに、一時間ほどかけた。

その後で風呂に入って、布団の中に潜《もぐ》り込《こ》み、朝までずっと光の消えた電灯を眺めていた。

早めに寝てしまったせいか、ビールを飲んでも眠くならなかった。

起きている時間、考えた。

あの時のこと。

設楽渚のこと。

そして、自分のこと。

香ノ宮さんのことも、少し考えた。

結論は、出なかった。

ただ。

（自分から何かをしなければ、このままぼんやりと日常が続いていくだけ、か）

そのことだけは解っていた。

そして、自分の目の前には、二つの選択肢があった。

何もなかったように、この村での日々を続けていくこと。

何かを——何をしていいのかも解らないけれど、何かをすること。

「一度、東京に帰る」

「…………藤島さんがそう決めたなら」

そう言って、助手席に藤島さんを乗せた香ノ宮さんは、ゆっくりと車を発進させた。

ラジオがいつの時代のものかも解らない懐メロを流し出す。

（帰って、どうしようか）

それ以上のことは決めていない。

もしかしたら、帰っても渚と顔をあわせる気にはならないかもしれない。話しをしても、何ひとつ納得できなくて決定的な決別をするかもしれない。あるいは、それとも、もしかしたら、あの穏《おだ》やかで楽しい同居生活を再開するなんてことは——まず、ありえないだろうけども。

窓の外を眺めてた彼女であるが、前を向いたままの香ノ宮さんは、小さな声で、しかしはっきりと言った。

「けど、帰って来てくださいよ」

「——うん？」

藤島さんはそう応《こた》えて、思わず香ノ宮さんへと向き直った。

「待ってますから、ね」

そう微笑《ほほえ》みかけられて、どう答えていいものか解らず、彼女は車外を見る。

薄暗い朝もやの中に広がる田園の向こうに朝焼けが見えた。

太陽の生まれようとしている大地の果てに、車は向かっていった。

鶏肉とキャベツのサラダのレシピ

◆材料
コンビニで販売しているサラダ用チキン
コンビニで売っている袋入りのカット野菜
トマト

◆作り方
チキンを細かく手で千切り、カット野菜と細かく切ったトマトと一緒にボウルに入れて、菜箸で適当にかき混ぜる。

◆ワンポイント
タレを複数用意することで、色々と味に変化を作れます。勿論、ボウルに直接タレを入れるのもありです。その場合は一種類に絞《しぼ》った方がいいでしょう。

あとがき

初めまして。あるいはお久しぶりです。

奇水《きすい》です。

『藤島さんの深夜ごはん』をお買い上げいただきありがとうございます。

――という感じで例によって例の如《ごと》しで最初の数行でだいたいのことは書けてしまいました。

後は毎度のことのようにあとがきという名の穴埋めのために指を動かさなくてはならないのですが、さて困ったことに今回は本当に書くことがありません。

とはいえ何も書かないと埋まりませんので、彼女のことを書きます。彼女と言っても私の恋人ということではなくて、今作の主人公の藤島さんのことです。

そもそもからして彼女は自分の中にはいませんでした。唐突《とうとつ》に現れました。今まで書いたキャラクターたちはなんだかんだと自分の中にかつていた、あるいは創りだすにあたって何が材料になったかははっきりしています。

しかし藤島さんはよく解りません。

なんだか唐突に、『深夜のコンビニご飯』というアイディアと共に生まれたキャラクターです。

このアイディアは作中のあるメニューを藤島さん同然の経緯で目にした私が、近所のコンビニに行った帰り道で思いついたものです。その時にコンビニ店員さんについ話しかけてしまった、その恥ずかしさによって生まれたキャラです。ああ、そうか。つまり藤島さんは私の羞恥心《しゅうちしん》が生み出したのでした。書いててようやく気づけました。

とまあそんな感じで突然に現れた藤島さんですが、まずアイディアありきなキャラなわけで、何も考えずに書き出しました。職業と性別を最初に決めて、そしてどういうところに住んでいて、どういう経緯でこんなところに住むことになったのか……書き上げてなお、解らないところがまだ残っています。

どうか読み終えた方々、藤島さんがどんな人なのか、私に教えてください。

それでは最後に恒例の謝辞を。

担当の清瀬《きよせ》様、校閲様、イラストのあやとき先生、そしてお買い上げいただいた方々に。

――限りなく、感謝を。

奇水　著作リスト

猫とわたしと三丁目の怪屋敷（メディアワークス文庫）
藤島さんの深夜ごはん（同）
非公認魔法少女戦線　ほのかクリティカル（電撃文庫）
非公認魔法少女戦線II　まいんカタストロフ（同）
非公認魔法少女戦線III　まきせインビンシブル（同）

本書は書き下ろしです。

◇◇メディアワークス文庫

藤島《ふじしま》さんの深夜《しんや》ごはん

奇水《きすい》

発行　2015年11月25日　初版発行

発行者　塚田正晃
発行所　株式会社KADOKAWA
〒102-8177　東京都千代田区富士見2-13-3
プロデュース　アスキー・メディアワークス
〒102-8584　東京都千代田区富士見1-8-19
電話03-5216-8399（編集）
電話03-3238-1854（営業）
装丁者　渡辺宏一（有限会社ニイナナニイゴオ）
印刷　株式会社暁印刷
製本　株式会社ビルディング・ブックセンター

ISBN978-4-04-865589-7 C0193

メディアワークス文庫　http://mwbunko.com/
株式会社KADOKAWA　http://www.kadokawa.co.jp/

本書に対するご意見、ご感想をお寄せください。
あて先
〒102-8584　東京都千代田区富士見1-8-19　アスキー・メディアワークス
メディアワークス文庫編集部
「奇水先生」係